인형의 집

Et dukkehjem

세계문학전집 248

인형의 집

Et dukkehjem

헨리크 입센

안미란 옮김

민음사

차례

인형의 집   9

작품 해설   127

작가 연보   136

등장인물

헬메르 토르발 변호사
노라 그의 아내
랑크 박사
린데 부인
닐스 크로그스타드 변호사
헬메르 부부의 세 아이
안네마리 유모
하녀들
심부름꾼

(이야기는 헬메르 부부의 집에서 일어난다.)

1막

아늑하게 잘 꾸몄지만 수수한 거실. 뒷배경 오른쪽에 난 문은 현관으로 통하고, 뒷배경 왼쪽의 다른 문은 헬메르의 서재로 통한다. 두 문 사이에는 피아노가 있다. 왼쪽 벽 가운데에는 문이 있고, 더 앞쪽에 창문이 있다. 창문 가까이에는 둥근 탁자와 팔걸이의자, 작은 소파 하나. 오른쪽 벽에는 뒤쪽에 문이 하나 있고, 그 벽의 무대 정면 쪽에는 타일이 붙은 난로가, 그 앞에는 팔걸이의자 몇 개와 흔들의자 하나가 있다. 난로와 옆문 사이에는 작은 탁자가 있다. 벽에는 동판화가 걸려 있다. 도자기와 자그마한 장식품들이 놓인 선반, 양장본 책이 여럿 꽂혀 있는 작은 책장이 있다. 바닥에는 양탄자가 깔려 있고, 난로에는 불이 타고 있다. 겨울날.

(현관 초인종이 울린다. 잠시 후에 문 여는 소리가 들린다. 노라는 즐겁게 흥얼거리며 거실로 들어온다. 노라는 외투를 입은 채 상자를

잔뜩 들고 들어와 상자들을 오른쪽 탁자 위에 놓는다. 현관으로 통하는 문을 그냥 열어 두었는데, 문밖에는 크리스마스트리와 바구니를 들고 있는 심부름꾼이 보인다. 심부름꾼은 문을 열어 준 하녀에게 바구니를 건넨다.)

노라   헬레네, 크리스마스트리를 잘 숨겨. 오늘 저녁에 장식을 다 할 때까지는 아이들이 보면 안 되니까. (지갑을 꺼내며 심부름꾼에게) 얼마……?

심부름꾼   50외레입니다.

노라   자, 여기 1크로네.(100외레 — 옮긴이) 아니에요, 그냥 다 가져요.
        (심부름꾼은 감사의 말을 하고 간다. 노라는 문을 닫는다. 외투를 벗으면서, 즐거운 듯 잠시 소리 없이 웃는다.)

노라   (주머니에서 마카롱이 들어 있는 봉투를 꺼내어 몇 개를 먹는다. 그러고는 조용히 걸어가서 남편 방의 문에 귀를 대고 엿듣는다.) 응, 집에 있구나.
        (다시 흥얼거리면서 오른쪽 탁자 쪽으로 간다.)

헬메르   (자기 방 안에서) 거기 밖에서 지저귀는 건 종달새인가?

노라   (상자를 여는 중이다.) 예, 그래요.

헬메르   거기서 바스락대는 건 다람쥐인가?

노라   예!

헬메르   다람쥐가 언제 집에 왔지?

노라   방금 왔어요. (마카롱 봉지를 주머니에 넣고 입가를 닦는다.) 토르발, 나와 봐요. 그럼 내가 뭘 사 왔는지 볼 수 있으니까요.

헬메르 방해하지 말고! (잠시 후 손에 펜을 들고 문을 열어 내다
　　　본다.) 샀다고 그랬어? 저기 저것 모두? 낭비꾼 작은 새
　　　가 밖에 나가서 또 돈을 다 써 버렸다는 말인가?

노라 하지만, 토르발, 금년에는 좀 마음대로 해도 괜찮잖아
　　　요? 우리가 돈을 아끼지 않아도 되는 첫 성탄이잖아요.

헬메르 음, 하지만 말야, 낭비할 수 있을 정도는 아니지.

노라 토르발, 지금도 조금은 낭비할 수 있죠, 그렇죠? 조금,
　　　아주 조금만요. 이제 당신은 월급을 많이 받고 돈도 아
　　　주 많이 벌게 될 거예요.

헬메르 그래, 새해부터 그렇지. 하지만 첫 월급을 받으려면
　　　아직 네 달이나 있어야 하는걸.

노라 에이, 그때까진 돈을 꾸면 되죠, 뭐.

헬메르 노라! (그녀에게 다가가 장난스럽게 귀를 잡아당긴다.) 또
　　　경박해지는군. 내가 오늘 1000크로네를 빌리고 당신이
　　　그걸 크리스마스 주간에 다 써 버렸는데 금년의 마지막
　　　날에 내가 머리에 기와라도 맞아서 쓰러진다면……

노라 (헬메르의 입을 손으로 가린다.) 아, 그런 이상한 말은 하
　　　지 마요.

헬메르 아니, 그런 일이 생겼다고 생각해 봐. 그럼 당신은 어
　　　쩌겠어?

노라 그런 상황이라면 돈이 있는지 없는지는 상관이 없죠.

헬메르 하지만 우리가 돈을 빌린 사람들은?

노라 그 사람들이요? 무슨 상관이에요? 남들이잖아요.

헬메르 노라, 노라. 당신은 여자라 어쩔 수가 없어. 하지만 노
　　　라, 진지하게 생각해 봐. 거기에 대해 내가 어떻게 생각

하는지 당신도 알지. 빚은 안 돼! 빌리는 건 절대로 안
돼. 빌린 돈, 빚을 가지고 살림을 하면 뭔가 자유롭지
못하고 어딘가 보기 안 좋은 일이 생기지. 우리는 지금
까지 꿋꿋하게 버텨 왔으니, 아직 남아 있는 짧은 기간
도 잘 해낼 수 있을 거야.

노라　(난로 쪽으로 간다.) 그래요, 좋아요. 토르발, 당신 좋을
대로 해요.

헬메르　(따라간다.) 저런, 저런. 그렇다고 노래하는 종달새가 날
개를 축 늘어뜨려서야 안 되지, 응? 저기 다람쥐가 기분
이 상했네? (지갑을 연다.) 노라, 여기 뭐가 있을 것 같아?

노라　(급히 몸을 돌린다.) 돈이요!

헬메르　여기 봐. (그녀에게 지폐 몇 장을 건넨다.) 휴, 크리스마
스에 돈이 많이 드는 건 나도 아니까.

노라　(돈을 센다.) 10, 20, 30, 40. 아, 토르발, 고마워요. 정말
고마워요. 이걸로 오래 버틸게요.

헬메르　그래, 정말 그래야 할걸.

노라　예, 예, 그럴게요. 하지만 이리 와 봐요. 내가 뭘 샀는지
보여 줄게요. 게다가 얼마나 싸게 샀다고요! 자, 이건 이
바르의 새 옷이에요. 그리고 이건 칼이고요. 이건 보브
를 위한 말과 나팔이에요. 이건 에미를 위한 인형하고
인형 침대고요. 아주 단순한 거예요. 어차피 얼마 못 가
곧 부수어 버릴 텐데요, 뭐. 그리고 이건 하녀들을 위한
옷감과 행주예요. 늙은 안네마리는 좀 더 줘야 해요.

헬메르　이건 다 뭐지?

노라　(소리친다.) 안 돼요, 토르발. 그건 오늘 저녁 전에 보면

안 돼요.

헬메르　하지만 작은 낭비꾼, 당신을 위해서는 뭘 골랐지?

노라　나를 위해서요? 아무 생각 안 했어요.

헬메르　그래, 당신은 늘 그러지. 자, 당신은 뭐가 갖고 싶은지 적당한 걸 말해 봐.

노라　아니요, 정말 모르겠어요. 토르발, 저기…….

헬메르　음?

노라　(헬메르를 보지 않고 그의 단추를 만지작거린다.) 나한테 선물을 하려면, 그럼…… 그럼 당신은…….

헬메르　자, 자, 얼른 말해 봐.

노라　토르발, 그럼 돈을 주면 돼요. 당신한테 필요 없는 만큼만요. 그럼 내가 나중에 그 돈으로 뭔가를 살 수 있죠.

헬메르　하지만, 노라…….

노라　그래요, 토르발. 그렇게 해 줘요. 정말 부탁이에요. 그럼 나는 돈을 예쁜 금박지에 싸서 크리스마스트리에 걸어 놓을게요. 그럼 재미있겠죠?

헬메르　돈을 최고로 좋아하는 새를 뭐라고 부르더라?

노라　아, 예, 낭비꾼이라고 하지요. 나도 알아요. 하지만 토르발, 우리 내 말대로 해요. 그럼 나는 내가 어디에 제일 돈이 필요한지 생각할 시간이 생기잖아요. 좋은 생각 아니겠어요? 예?

헬메르　(미소 지으며) 그렇지. 내가 준 돈을 당신이 정말로 잘 가지고 있고, 그 돈으로 정말로 자신을 위해 무언가를 산다면 말이지. 하지만 보통은 돈이 집으로 들어가고, 그럼 나는 또 돈을 만들어 내야 되겠지.

노라   하지만 토르발…….

헬메르   나의 사랑스러운 작은 노라, 아니라고는 못하겠지. (팔로 그녀를 안는다.) 낭비꾼 새는 귀엽지. 하지만 돈이 아주 많이 들어. 이런 새를 키우는 게 남자에게 얼마나 돈이 드는 일인지.

노라   아, 어떻게 그런 말을 해요? 나는 할 수 있으면 언제나 돈을 아낀답니다.

헬메르   (웃는다.) 아, 말이야 맞지. 할 수 있으면 언제나. 하지만 당신은 전혀 못하는걸.

노라   (흥얼거리며 즐거운 마음으로 소리 없이 미소 짓는다.) 아, 우리 종달새와 다람쥐 들도 얼마나 돈 쓸 데가 많은지 당신이 안다면.

헬메르   당신은 정말 딱한 아이야. 당신 아버지가 그랬던 것처럼 말이지. 당신은 돈을 손에 넣으려고 온갖 노력을 다 하지. 하지만 돈이 생기면 그 돈은 바로 당신 손가락 사이로 빠져나가. 그 돈으로 뭘 했는지도 당신은 전혀 모르고. 그래, 당신은 있는 그대로 받아들일 수밖에 없어. 피가 그러니까. 그래, 그래, 노라, 이건 유전이야.

노라   아, 아버지의 성격을 내가 많이 물려받았더라면 좋았겠어요.

헬메르   내 작은 노래하는 종달새, 그런데 나는 있는 그대로의 당신이 좋아. 하지만 봐, 생각나는 것이 있어. 당신은 오늘, 음, 음, 뭐라고 할까? 수상해.

노라   그래요?

헬메르   음, 정말 그래. 내 눈을 똑바로 봐.

노라 (헬메르를 본다.) 어때요?

헬메르 (손가락으로 위협하며) 군것질쟁이가 오늘 시내를 뜯어 먹고 다니지는 않았겠지?

노라 아니요. 왜 그런 생각을 해요?

헬메르 군것질쟁이가 정말로 과자 가게에 안 들렀다는 말인가?

노라 예, 토르발. 정말이에요.

헬메르 잼을 조금 맛보지도 않았고?

노라 안 그랬어요.

헬메르 마카롱을 한두 개 먹지도 않았고?

노라 안 먹었어요, 토르발. 정말이에요.

헬메르 그래, 그래, 내가 허튼소리를 하는 거겠지.

노라 (오른쪽 탁자로 간다.) 내가 어떻게 당신을 거역하겠어요.

헬메르 그래, 나도 알아. 그리고 당신은 나에게 약속했지. (그 녀 쪽으로 간다.) 자, 나의 축복받은 노라, 당신의 크리스 마스 비밀은 혼자 간직해. 크리스마스트리가 켜지면 오 늘 저녁에 다 알려질 테니까.

노라 랑크 박사님을 초대하는 거 기억하죠?

헬메르 아니. 그럴 필요도 없고. 그는 말하지 않아도 당연히 우리와 식사를 하니까. 그리고 오늘 오후에 오면 그때 초대할 거야. 좋은 포도주를 주문했어. 노라, 당신은 모 를 거야. 내가 오늘 저녁을 얼마나 기대하는지.

노라 나도 마찬가지예요. 그리고 아이들도 즐거워할 거예요.

헬메르 아, 안전하고 든든한 직장이 생기다니 생각만 해도 신 나. 넉넉한 수입이 생긴다니. 그렇지 않아? 생각만 해도 정말 즐겁지?

노라   예, 정말 좋아요.

헬메르   작년 크리스마스 기억해? 크리스마스 전 삼 주 동안 당신은 우리를 놀라게 하려고 저녁마다 자정이 지나도록 문을 잠그고 들어가 크리스마스트리에 붙일 꽃과 멋진 것들을 만들었지. 아, 내 평생 제일 암울한 시기였어.

노라   나는 아무렇지도 않았어요.

헬메르   (미소 지으며) 하지만 꽤 실망스럽게 끝났지.

노라   아, 또 그걸 갖고 나를 놀려야 해요? 고양이가 들어와서 모두 찢어 버렸는데 내가 어떻게 하겠어요?

헬메르   그래, 우리 불쌍한 작은 노라, 당신은 아무것도 못하지. 그저 우리를 기쁘게 해 주려는 아주 좋은 의도가 있었으니 그게 제일 중요해. 하지만 그런 어려운 시절은 다 지나갔으니 얼마나 좋아.

노라   예, 정말로 놀라워요.

헬메르   이제 당신은 더 이상 여기 혼자 앉아 지루해할 필요가 없지. 그리고 당신의 축복받은 눈과 작고 예쁜 고운 손을 고생시킬 필요도 없고…….

노라   (손뼉을 친다.) 아, 맞아요. 토르발, 이제는 그럴 필요가 없어요. 아, 얼마나 반가운 말인지. (그를 안는다.) 토르발, 이제 어떻게 집을 꾸밀지 내가 생각한 걸 들어 봐요. 크리스마스가 지나자마자……. (현관 초인종이 울린다.) 아, 초인종이 울리네요. (거실을 정리한다.) 누가 왔나 봐요. 아쉽네요.

헬메르   누가 날 찾아왔다면 내가 없다고 하는 거 알지?

하녀   (현관문에서) 마님, 낯선 여자분이 오셨습니다.

노라   응, 들여보내.

하녀   (헬메르에게) 그리고 박사님도 오셨습니다.

헬메르   바로 내 방으로 들어갔나?

하녀   예, 그러셨습니다.

(헬메르는 자기 방으로 들어간다. 하녀는 여행복을 입은 린데 부인을 방으로 들여보내고 문을 닫는다.)

린데 부인   (겁먹은 듯 약간 머뭇거리며) 노라, 잘 지냈어?

노라   (자신 없게) 잘 지냈어?

린데 부인   나를 못 알아보는구나.

노라   음, 모르겠는걸. 음, 아마……. (갑자기 외친다.) 저런! 크리스티네구나! 정말 너 맞아?

린데 부인   그래, 나야.

노라   크리스티네! 저런, 내가 너를 못 알아보다니! 하지만 어떻게 알아보겠어? (좀 작은 목소리로) 이렇게 변했으니, 크리스티네.

린데 부인   그래, 정말 변했지. 길고 긴 구 년, 십 년 동안.

노라   우리가 만난 게 그렇게 오래전 일인가? 그래, 정말 그렇네. 아, 지난 팔 년은 정말 행복했어. 정말이야. 너는 이제 도시로 온 거야? 겨울인데 긴 여행을 했네, 용감하게.

린데 부인   바로 오늘 아침에 증기선을 타고 왔어.

노라   물론 크리스마스를 즐기기 위해서겠지. 아, 정말 좋다! 그래, 우린 정말 즐겁게 지낼 수 있을 거야. 하지만 먼저 겉옷부터 벗어. 춥지 않지? (그녀를 돕는다.) 자, 이제 여기 난로 옆에 편안하게 앉자. 아니, 거기 그 팔걸이의자에 앉아. 여기 흔들의자에는 내가 앉을게. (그녀의 양손을 잡는다.) 그래, 이제 보니 다시 옛날 그 얼굴이네. 처음에만 몰라 봤지. 크리스티네, 좀 창백해지긴 했어. 그리고 좀 여위기도 했고.

린데 부인 그리고 노라, 많이, 많이 늙었지.

노라 그래, 아주 조금 늙긴 했어. 아주, 아주 조금. 많이 늙은 건 아니지. (갑자기 말을 멈추었다가 진지하게) 아, 그런데 여기 앉아서 이런 말만 하는 나는 참 생각도 없지! 우리 착한 크리스티네, 나를 용서할 수 있겠니?

린데 부인 무슨 말이야?

노라 (부드럽게) 가엾은 크리스티네, 너는 남편을 잃었잖아.

린데 부인 그래, 삼 년 전이지.

노라 그래, 나도 알고 있었어. 신문에서 읽었으니까. 아, 크리스티네, 그동안 너에게 편지할 생각은 여러번 했어. 하지만 매번 다른 일이 생겼고 매번 미루었지.

린데 부인 노라, 그건 충분히 이해할 수 있어.

노라 아니야, 크리스티네. 내가 나빴어. 아, 불쌍한 크리스티네, 얼마나 고생을 했을까? 남편이 유산을 남기지도 않았지?

린데 부인 안 남겼지.

노라 그럼, 아이는 없어?

린데 부인 없어.

노라 그러니까 아무것도 없네?

린데 부인 걱정도 없고, 괴로워할 그리움조차 없어.

노라 (믿기지 않는다는 듯 그녀를 바라본다.) 하지만 크리스티네, 어떻게 그럴 수가 있어?

린데 부인 (무겁게 미소를 짓고 손으로 머리칼을 넘긴다.) 노라,
　　　　　시간이 지나다 보면 그렇게 돼.

노라　그렇게 혼자서. 얼마나 힘들었을까. 나는 예쁜 아이 셋이
　　　있어. 그래, 너도 곧 만나게 될 거야. 지금은 하녀와 함께
　　　밖에 나갔거든. 하지만 나에게 다 이야기해 줘야 해…….

린데 부인 아니, 아니, 아니야. 네가 이야기해.

노라　아니야, 네가 시작해야 해. 오늘은 내 생각만 하지 않을
　　　래. 오늘은 네 일만 생각할 테야. 하지만 한 가지는 꼭
　　　너에게 말해야겠어. 이번에 우리에게 무슨 경사가 생겼
　　　는지 알아?

린데 부인 모르지. 뭔데?

노라　들어 봐, 우리 남편이 저축 은행의 총재가 되었어.

린데 부인 네 남편이? 아, 운도 좋지!

노라　그래, 정말 대단하지. 변호사로는 생활이 안정이 안 되
　　　잖아. 깨끗하고 우아한 일 말고 다른 일은 안 하려고 하
　　　면 더더욱 그렇고. 물론 토르발은 그런 일은 한 번도 하
　　　려고 한 적이 없어. 그리고 나도 거기에 전적으로 찬성
　　　이야. 아, 우린 정말 기뻐. 믿어도 돼. 토르발은 새해에
　　　바로 은행에서 일을 시작하는데, 보수도 많이 받고 다
　　　른 배당도 많이 받아. 그럼 우리는 지금까지와는 아주
　　　다르게 살 거야. 우리가 원하는 대로 사는 거지. 아, 크
　　　리스티네, 얼마나 홀가분하고 행복한지! 그래, 돈이 넉넉
　　　해서 걱정할 필요가 없다는 건 좋지 않아, 그렇지?

린데 부인 그래. 어쨌거나, 필요한 게 다 있다는 건 좋은 일이
　　　　　겠지.

노라 아니야. 필요한 것만이 아니라, 넉넉하게, 아주 돈이 많
      이 생기는 거야!

린데 부인 (미소 짓는다.) 노라, 노라. 아직도 정신을 못 차렸
          니? 넌 학교 때도 낭비가 심했어.

노라 (조용히 웃는다.) 그래, 토르발도 그렇게 말해. (손가락으
      로 위협하며) 하지만 "노라, 노라"는 사람들 생각처럼 그
      렇게 정신이 나간 여자는 아니야. 그래, 우리 살림은 내
      가 낭비할 수 있을 정도는 안 돼. 우리는 둘 다 일을 해
      야 하는걸!

린데 부인 너도?

노라 응, 하지만 조금, 수예 정도야. 바느질, 수예, 뭐 그런 거
      지. (가볍게) 그리고 다른 것도 해. 우리가 결혼했을 때
      토르발이 공무원 생활을 그만둔 거 알지? 그 사무실에
      서는 승진할 가망이 없었고, 그는 전보다 돈을 더 벌어
      야 했으니까. 하지만 그는 첫 해에 너무 무리를 했어. 생
      각해 봐. 그는 온갖 부업을 찾아야 했어. 그리고 아침
      일찍부터 저녁 늦게까지 일을 해야 했지. 하지만 견디지
      못했고, 죽을병에 걸려 버렸어. 그래서 의사들은 그에게
      남쪽 지방으로 가라고 했어.

린데 부인 그랬구나. 그래서 일 년이나 이탈리아에서 보낸 거
          구나?

노라 그래, 맞아. 떠나기가 쉽지는 않았어. 정말이야. 이바르
      가 태어난 게 바로 그때였으니까. 하지만 물론 우리는
      그래도 떠나야 했지. 그래, 정말 즐거운 여행이었어. 그
      리고 토르발은 목숨을 건졌고. 하지만 크리스티네, 돈이

진짜 많이 들었어. 정말이야.

린데 부인 그랬을 테지.

노라 1200탈러나 들었어. 4800크로네지. 정말 큰 돈이야.

린데 부인 그래, 하지만 그럴 때는 그렇게 돈이 많이 있다는
게 정말 다행이지.

노라 맞아, 정말 그래. 아빠가 주셨어.

린데 부인 아, 그랬구나. 그때가 아마 네 아버지가 돌아가신
때지?

노라 그래, 크리스티네. 바로 그때였어. 그런데 생각해 봐. 나
는 아버지께 가서 아버지를 돌봐 드릴 수가 없었어. 나
는 여기서 이바르가 세상에 태어날 날을 하루하루 기
다렸으니까. 그리고 불쌍하게도 죽을병에 걸린 토르발
을 간호해야 했으니까. 아, 불쌍한 우리 아빠! 크리스티
네, 나는 그러고는 아버지를 다시 못 본 거야. 아, 그건
내가 결혼한 이후에 겪은 제일 힘든 일이었어.

린데 부인 네가 아버지를 좋아한 건 나도 알아. 그래도 너희
는 결국 이탈리아에 갔지?

노라 그래, 돈은 있었으니까. 그리고 의사들이 재촉했어. 그래
서 한 달 후에 떠났지.

린데 부인 그리고 네 남편은 아주 건강해져서 돌아왔니?

노라 물고기처럼 싱싱해졌지!

린데 부인 하지만 의사 선생님은 또 왜?

노라 의사라니?

린데 부인 나와 함께 들어온 분이 의사라고 하녀가 말한 것
같은데.

노라 아, 랑크 박사님이야. 하지만 진찰하러 온 건 아니야. 그분은 우리의 가장 절친한 친구이고 매일 한 번은 들러. 아니야, 토르발은 그 이후로 앓은 적이 없어. 그리고 아이들은 건강하고 튼튼해. 나도 그렇고. (뛰어 올라 손뼉을 친다.) 아, 저런, 저런, 크리스티네, 산다는 것, 행복하다는 것은 정말 얼마나 좋은지! 아, 나 좀 봐. 내 이야기만 하고 있네. (린데 부인 옆의 발 의자에 앉아서 팔을 그녀의 무릎 위에 얹는다.) 아, 화내지 마. 네가 네 남편을 사랑하지 않았다는 게 사실이니? 그럼 왜 그와 결혼한 거야?

린데 부인 어머니가 아직 살아 계셨거든. 어머니는 앓아누워 계셨는데, 정말 난처한 상황이었지. 그리고 나는 남동생 둘도 돌봐야 했어. 그러니 그의 청혼을 거절하는 것은 무책임하다고 생각했어.

노라 그래, 그래, 그건 네 말이 맞아. 그러니까 그는 그때 돈이 많았던 거지?

린데 부인 아주 부유했을 거야. 하지만 사업이 불안정했어. 그래서 남편이 세상을 떠났을 때 모든 것이 걷잡을 수 없게 되었고, 결국 아무것도 남지 않았지.

노라 그래서?

린데 부인 그래서 작은 가게도 해 보고 작은 학교도 해 보고 할 수 있는 건 이것저것 다 해 가며 생활했어. 지난 삼 년을 하루같이 쉴 새 없이 일했어. 노라, 이젠 그것도 끝이 났어. 불쌍한 어머니는 이제 세상을 떠나셨으니 더 이상 도움이 필요 없지. 동생들도 마찬가지야. 이제 취직을 해서 독립을 했으니까.

노라 아, 그럼 이제 마음이 가볍겠구나.

린데 부인 아니, 그렇지 않아. 말로 표현할 수 없이 허전해. 나는 늘 누군가를 위해서 살아왔는데 이제 그 누군가가 없잖아. (안절부절못하며 일어난다.) 그래서 더 이상 그 작은 촌구석에서 견딜 수가 없었어. 여기서는 시간을 보내고 기분 전환을 할 일을 더 쉽게 찾을 수 있겠지. 사무실 같은 곳에서 일할 수 있는 자리를 운 좋게 찾을 수 있으면 얼마나 좋을까…….

노라 아, 크리스티네, 그건 정말 힘든 일일 텐데. 너는 이미 그렇게 지쳐 보이는데 말이야. 요양지 같은 곳에 가는 게 너에게 훨씬 좋을 텐데.

린데 부인 (창 쪽으로 간다.) 노라, 나는 여비를 주실 아버지가 안 계시거든.

노라 (일어선다.) 저런, 언짢게 생각하지 마.

린데 부인 (노라에게 다가간다.) 노라, 너야말로 언짢게 생각하지 마. 나 같은 처지에 놓인 사람에게 가장 나쁜 건, 섭섭한 마음을 품게 된다는 거야. 내가 일해 줄 그 누군가가 없잖아. 그래도 어떻게든 일을 쉴 수는 없으니까. 어떻게든 살아남아야 하고, 그러니까 이기적이 되는 거야. 네가 너희 생활에 생긴 좋은 변화에 대해 이야기했을 때, 나는 너 때문이라기보다는 나 때문에 기뻐했어, 알겠니?

노라 무슨 말이야? 아, 알겠다. 네 말은 토르발이 너에게 뭔가를 해 줄 수 있겠다는 생각을 했다는 말이지?

린데 부인 그래, 그렇게 생각했어.

노라　그래, 크리스티네. 해야지. 나한테 맡겨. 내가 어떻게 잘 해 볼게. 토르발이 진짜 좋아할 아주 애교스러운 걸 뭔가 생각해 내 볼게. 아, 도움이 될 수 있으면 정말 좋겠다.

린데 부인　노라, 네가 그렇게 애를 써 준다니 정말 고마워. 다른 사람도 아니고, 고생이라고는 모르는 네가 도와주겠다니 더더욱 고맙지.

노라　내가? 내가 모른다고?

린데 부인　(미소 짓는다.) 아, 저, 수예나 뭐 그 정도……. 노라, 너는 세상을 모르는 아이야.

노라　(고개를 뒤로 젖히고 양탄자 위를 걸어 다닌다.) 그렇게 무시하지 마.

린데 부인　응?

노라　너도 다른 사람들과 마찬가지구나. 다들 내가 진지한 일은 아무것도 못한다고들 생각하지.

린데 부인　저, 그러니까…….

노라　내가 이 세상에서 해 본 게 없다고들 하지.

린데 부인　노라, 방금 나에게 고생한 이야기를 했잖아.

노라　흥, 그건 아무것도 아냐. (작은 목소리로) 큰 일은 이야기하지도 않았어.

린데 부인　무슨 큰 일? 무슨 말이야?

노라　너는 나를 얕잡아보지만, 그러면 안 돼. 너는 어머니를 위해서 힘들게 일했다고 자랑스럽게 생각하지.

린데 부인　난 누구를 얕잡아보지는 않았어. 하지만 어머니가 마지막에 그나마 걱정 없이 사실 수 있게 해 드렸다는 건 자랑스럽고 기쁘게 생각해.

노라   그리고 네가 동생들을 위해 한 일도 자랑스럽게 생각하
        겠지.

린데 부인   그건 그래도 된다고 생각하는데.

노라   나도 그렇게 생각해. 하지만 크리스티네, 이제 잘 들어
        봐. 나도 자랑스럽고 기쁘게 생각할 일이 있어.

린데 부인   그건 나도 믿어 의심치 않아. 하지만 무슨 뜻이지?

노라   목소리를 낮춰. 토르발이 듣는다고 생각해 봐! 토르발
        은 무슨 일이 있어도 들으면 안 돼. 크리스티네, 이건 아
        무도 알면 안 되는 일이야. 너만 알아야 해.

린데 부인   대체 뭔데?

노라   이리 와. (린데 부인을 소파에, 자기 옆으로 끌어 앉힌다.)
        그래, 너만이야. 나도 자랑스럽게 생각하고 뿌듯해할 일
        이 있어. 토르발의 생명을 구한 건 나란 말이야.

린데 부인   생명을 구해? 어떻게?

노라   내가 이탈리아 여행 이야기를 했잖아. 토르발은 거기로
        내려가지 않았더라면 병을 딛고 일어서지 못했을 거야.

린데 부인   그래, 하지만 필요한 돈은 아버지께서 주셨잖아.

노라   (미소 짓는다.) 그래, 토르발이나 다른 사람들은 모두 그
        렇게 알고 있지. 하지만…….

린데 부인   하지만?

노라   아버지는 한 푼도 안 주셨어. 내가 구한 거야.

린데 부인   네가? 그 큰 돈을?

노라   1200탈러. 4800크로네. 어때?

린데 부인   하지만 노라, 어떻게 그렇게 했어? 복권이라도 당
        첨된 거야?

노라 (깔보듯이) 복권에 당첨돼? 그건 능력도 아니지.

린데 부인 하지만 그럼 그 돈을 어디서 구했어?

노라 (흥얼거리며, 비밀이라도 있는 듯 미소 짓는다.) 흠, 랄랄라!

린데 부인 돈을 빌릴 수는 없었을 텐데?

노라 안 돼? 왜 안 되는데?

린데 부인 여자는 남편의 동의 없이는 돈을 빌릴 수 없으니
　　　　까 말이지.

노라 (고개를 뒤로 젖힌다.) 일을 처리할 능력이 좀 있는 여자
　　　라면, 머리를 쓸 줄 아는 여자라면, 그런 경우에는…….

린데 부인 하지만 노라, 무슨 말인지 전혀 모르겠는데.

노라 알 필요도 없어. 내가 돈을 빌렸다고 말한 것도 아니니
　　　까. 다른 방법으로 얻었을 수도 있잖아. (소파에 깊숙이
　　　몸을 기댄다.) 나한테 푹 빠진 애인한테서 받았을 수도
　　　있지. 나처럼 매력 있게 생겼다면…….

린데 부인 너 미쳤구나.

노라 크리스티네, 이젠 궁금해서 견딜 수가 없지?

린데 부인 아, 노라, 말해 봐. 어리석은 짓을 한 건 아니겠지?

노라 (다시 똑바로 일어나 앉는다.) 남편의 생명을 구하는 게 어
　　　리석어?

린데 부인 남편 모르게 하는 일이 어리석어 보인다는 거야.

노라 하지만 남편이야말로 알아서는 안 되는 사람인걸! 아,
　　　모르겠단 말이야? 토르발은 자신이 얼마나 위험한 상황
　　　인지도 알아서는 안 되었어. 의사들은 나에게 와서 생
　　　명이 위험하다고 했지. 그의 생명을 구할 수 있는 것은
　　　남쪽 지방에 가서 지내는 것뿐이었고, 다른 방법은 없

었어. 위기를 넘기려고 내가 노력해 보지 않았을 것 같아? 나는 토르발에게, 나도 다른 젊은 여자들처럼 외국 여행을 할 수 있다면 얼마나 기쁘겠냐고도 이야기를 해 보았어. 울어도 봤고 빌어도 봤지. 내가 어떤 상황에 처했는지 생각을 좀 해 달라고도 부탁했고 제발 내 말을 들어 달라고 간청도 해 봤어. 그리고 그에게 돈을 빌려도 괜찮지 않겠냐고 제안도 했지. 그랬더니 크리스티네, 남편은 화를 내려고 했어. 그리고 내가 경박하다고 하면서, 나의 변덕을 다스리는 것을 남편으로서 자신의 책임이라고 했지. 그가 그렇게 말했어. 나는 생각했지. '그래요, 알았어요, 그래도 당신을 구해야 해요.' 그리고 수를 찾았어.

린데 부인   그럼 네 남편은, 아버지께서 돈을 주신 게 아니라는 걸 아버지에게서 듣지 않았던 거야?

노라   전혀 듣지 못했지. 아버지는 바로 그날 돌아가셨으니까. 나는 아버지께 사실을 말씀드리고 아무 말씀 말아 달라고 부탁할 생각을 했어. 하지만 그렇게 편찮으셨으니, 아쉽지만, 그럴 필요가 없었지.

린데 부인   그리고 너는 그 후로 남편에게 한 번도 털어놓지 않은 거야?

노라   아니, 세상에, 어떻게 그런 상상을 할 수가 있어? 그런 일에 대해서는 얼마나 엄격한 사람인데! 그리고 토르발은 남자로서 자존심이 아주 강한 사람이야. 그러니 나에게 도움을 받았다는 걸 알면 얼마나 수치스럽고 체면이 떨어진다고 생각하겠어? 우리 관계는 완전히 깨지고

말 거야. 우리의 아름답고 행복한 가정은 지금과는 완
전히 달라질 거야.

린데 부인   앞으로도 절대 말 안 할 거야?

노라   (생각에 잠긴 듯, 약간 미소 지으며) 응, 아마 언젠가는 하
겠지. 여러 해가 지나 내가 지금처럼 아름답지 않을 때.
그래, 웃어! 내 말은, 토르발이 나를 지금보다 덜 좋아
할 때, 내가 남편을 위해 춤을 추고 변장을 하고 낭송
을 해도 즐거워하지 않을 때가 되면이라는 뜻이야. 그
때는 뭔가 갖고 있는 게 좋겠지. (말을 멈춘다.) 아니, 말
도 안 되지. 그런 날은 오지 않을 거야! 크리스티네, 내
비밀을 어떻게 생각해? 내가 아무 데도 도움이 안 되
는 사람이야? 그리고 이 일 때문에 내가 얼마나 마음고
생을 했을지 생각해 봐. 내 책임을 제때 지키는 건 정말
쉽지 않았어. 이런 일에는 분기별 이자라는 게 있고 원
금 상환이라는 게 있거든. 그리고 이런 걸 제때 마련하
기는 아주 힘들었지. 그래서 할 수 있을 때는 언제나 여
기저기서 조금씩 절약해야 했어. 토르발을 편안하게 살
게 해 주어야 하니까, 집안 살림을 할 돈에서 빼낼 수는
없었지. 아이들에게도 아무 옷이나 입힐 수는 없었어.
아이들을 위해 쓰도록 받은 돈은 모두 아이들을 위해
써야 한다고 생각했어. 아, 우리 예쁜 아이들!

린데 부인   그럼 모두 너 자신을 위한 돈에서 나가야 했겠네!

노라   물론이지. 다른 누구의 일이라기보다 그건 내 일이었잖
아. 토르발이 나에게 새 옷 같은 걸 사도록 돈을 주면
반 이상을 쓴 적이 없어. 언제나 제일 단순하고 싼 것을

샀지. 정말 다행스럽게도 나한테는 아무 옷이나 다 잘 어울려서 토르발은 눈치채지 못했어. 하지만 가끔은 힘들었어. 크리스티네, 좋은 옷을 입고 나가는 건 즐겁잖아, 안 그래?

린데 부인   그래, 그렇지.

노라   그리고 다른 수입도 좀 있었어. 지난겨울에는 사무실 일을 많이 할 수 있었지. 그래서 방에 들어가 문을 걸고 매일 밤늦게까지 쓰는 일을 했어. 아, 가끔은 정말 너무 피곤했어. 하지만 그렇게 일을 하고 돈을 버는 건 참 즐거웠지. 내가 꼭 남자가 된 것 같았어.

린데 부인   그렇게 해서 얼마나 갚을 수 있었어?

노라   정확하게는 모르겠어. 이런 돈 관계를 제대로 파악하기는 쉽지 않거든. 어떻게건 긁어모을 수 있는 돈을 다 보냈다는 것만 알 뿐이야. 어찌해야 좋을지 전혀 모를 때도 종종 있었어. (미소 지으며) 그럴 때는 앉아서, 나이 많고 돈 많은 남자가 나를 사랑하게 된다면 어떨까 상상하기도 했지.

린데 부인   뭐? 어떤 남자?

노라   그냥 해 본 소리야. 그 사람이 죽고 유언장을 열었는데 그 안에 큰 글씨로 "나의 모든 재산은 즉시 현금으로 사랑스러운 노라 헬메르 부인에게 지불한다."라고 쓰여 있는 거지.

린데 부인   노라, 노라. 대체 어떤 남자였어?

노라   저런, 아직도 모르겠니? 그런 나이 많은 남자는 물론 없지. 이건 그냥, 다른 돈 생길 곳이 생각나지 않을 때

내가 앉아서 상상해 낸 거야. 하지만 이젠 어찌 되건 상관없어. 늙고 재미없는 사람은 어떻게 되어도 좋아. 나는 그 사람에게도, 그 유언에도 관심이 없어. 이제 나는 걱정이 없으니까. (팔짝 뛴다.) 아, 크리스티네! 생각만 해도 얼마나 좋은지! 걱정이 없다니! 걱정이 없다, 걱정이 전혀 없다. 아이들과 놀고 돌아다닐 수 있다는 거. 집을 예쁘고 마음에 들게 꾸밀 수 있다는 거. 토르발 마음에 들게 말이야! 그리고 생각해 봐. 우리는 여행도 할 수 있을 거야. 다시 바다를 볼 수 있을지도 몰라. 아, 그래, 그래. 행복하게 살고 행복하게 되는 건 정말 신나는 일이야!

(현관에서 벨이 울린다.)

린데 부인   (일어선다.) 벨이 울리네. 나는 가 보는 게 좋겠다.

노라   아니야, 그냥 있어. 아무도 아닐 거야. 토르발을 찾아온 사람일 거야.

하녀   (현관문에 서서) 마님, 죄송합니다. 변호사님과 말씀을 나누겠다는 분이 오셨습니다.

노라   은행 총재님과 말씀을 나누고 싶다는 말이지?

하녀   예, 총재님과 말씀을 나누려는 분입니다. 하지만 의사 선생님이 안에 계시기 때문에 어찌해야 할지 모르겠어요.

노라   누구신데?

크로그스타드   (현관문에 서서) 부인, 접니다.

린데 부인   (잠시 멈칫하지만 마음을 가다듬고 창문을 향한다.)

노라   (그에게 한 걸음 다가가서 낮은 목소리로) 당신이군요? 남편과 무슨 할 말이 있나요?

크로그스타드 은행 일입니다. 어떤 면에서 보면 그렇지요. 저
  는 은행에서 낮은 자리에 있는데, 부인의 남편께서 제
  상사가 될 거라고 들었습니다.

노라 그러니까⋯⋯.

크로그스타드 딱딱한 사업 이야기죠. 그것뿐입니다.

노라 예, 그럼 서재로 들어가세요. (냉랭하게 인사를 하며 현관으
  로 통하는 문을 닫는다. 그러고는 돌아와서 난로를 바라본다.)

린데 부인 노라, 그 신사분은 누구야?

노라 변호사 크로그스타드야.

린데 부인 정말 그 사람 맞구나.

노라 아는 사람이야?

린데 부인 전에 알았지. 여러 해 전에. 그는 우리 지역의 변호
  사 대리였어.

노라 그래, 그 사람 맞아.

린데 부인 참 많이 변했네.

노라 그 사람 결혼 생활이 아주 불행했어.

린데 부인 지금은 홀아비잖아.

노라 아이는 많고. 이거 봐, 이제 불이 붙었네. (난로 문을 닫
  고 흔들의자를 옆으로 조금 민다.)

린데 부인 그 사람은 여러 가지 사업을 한다며?

노라 그래? 그럴지도 모르지. 나는 전혀 몰라. 사업 생각은
  하지 말자. 사업 이야기는 정말 따분해.
  (랑크 박사가 헬메르의 방에서 나온다.)

랑크 (아직 문에 서서) 아니, 아니야. 방해하고 싶지 않아. 차라
  리 부인께 가 보겠네. (문을 닫고는 이제야 린데 부인을 본

다.) 저런, 죄송합니다. 저는 여기서도 방해가 되네요.

노라 아니에요. 전혀 방해가 되지 않아요. (소개한다.) 랑크 박사님, 린데 부인.

랑크 아, 예. 말씀은 이 집에서 많이 들었습니다. 계단을 올라올 때 제가 부인을 지나친 것 같은데요.

린데 부인 예, 저는 아주 느릿느릿 올라오거든요. 힘이 딸려서요.

랑크 아, 몸이 좀 약한가 보지요?

린데 부인 그렇다기보다는 과로예요.

랑크 과로일 뿐인가요? 그럼 파티도 가고 좀 즐기며 쉬려고 도시에 오셨나 보군요?

린데 부인 저는 일자리를 찾아서 온 거예요.

랑크 일이 과로에 효험 있는 치료법인가요?

린데 부인 선생님, 살아야 하니까요.

랑크 그래요, 대개 그래야 한다고들 생각하지요.

노라 아, 랑크 박사님, 박사님도 살고 싶기는 마찬가지잖아요.

랑크 아, 저도 그렇죠. 비참하기는 해도 그래도 고생을 최대한 연장하고 싶죠. 제 환자들도 모두 마찬가지랍니다. 그리고 도덕적으로 위기에 처한 사람들도 그렇고요. 지금 막 그런 도덕적 환자가 헬메르의 방에 왔지요.

린데 부인 (작은 소리로) 저런!

노라 누구 말씀인가요?

랑크 변호사 크로그스타드 말입니다. 그런 유의 사람은 모르실 거예요. 부인, 그는 인간성이 뿌리까지 썩은 사람이죠. 그런 사람까지도 온 힘을 다해서 살고 싶다고 말을 하기 시작했답니다.

노라   그래요? 토르발하고 할 말이 무엇이었을까요?

랑크   저는 전혀 모릅니다. 제가 들은 건, 은행에 관련된 이야기라는 정도뿐이지요.

노라   저는 크로그…… 크로그스타드 변호사가 은행과 관련이 있는 줄은 몰랐어요.

랑크   있지요. 그는 거기서 자리를 하나 차지하고 있으니까요. (린데 부인에게) 부인 근처에도 이런 사람들이 있는지 궁금하군요. 쉬지 않고 돌아다니며 도덕적인 타락을 파헤치고 거기 관계된 사람들에게서 자기에게 도움이 되는 지위를 얻어 내려고 하는 사람들 말이죠. 정직한 사람이라면 아마도 피할 수 있겠지요.

린데 부인   하지만 정말로 보호를 받아야 하는 건 아픈 사람들 아닌가요?

랑크   (어깨를 으쓱한다.) 그게 문제입니다. 바로 그런 생각이 사회를 병원으로 만드는 거지요.

노라   (생각에 잠겨, 작은 소리로 웃고 손뼉을 친다.)

랑크   왜 그 말에 웃으시나요? 사회가 뭔지 알기나 해요?

노라   제가 왜 지루한 사회에 대해 생각을 하겠어요? 저는 다른 일로 웃었답니다. 아주 재미있는 일 때문이지요. 랑크 박사님, 말해 보세요. 은행에서 일하는 사람들은 모두 토르발에게 의존하게 되는 건가요?

랑크   그게 그렇게도 재미있었던 건가요?

노라   (미소 지으며 흥얼거린다.) 그러게 그냥 두세요! 그러게 그냥 두세요! (방을 빙빙 돌아다닌다.) 예, 생각하면 정말 너무너무 즐거워요. 우리가, 토르발이 그렇게 많은 사람들에게 그렇게 많은 영향을 미칠 수 있게 되었다니 말이죠. (주머니에서 봉투를 꺼낸다.) 랑크 박사님, 마카롱 하나 드세요.

랑크 저런, 저런, 마카롱이라니요. 이 집에서 과자는 금지된 줄 알았는데요.

노라 하지만 이건 크리스티네가 저에게 준 거예요.

린데 부인 뭐라고? 내가?

노라 아, 아, 놀라지 마. 토르발이 과자를 못 먹게 한 걸 너는 몰랐을 테니까. 과자 때문에 이가 상할까 봐 걱정하거든. 하지만 한 번쯤은 어때! 랑크 박사님, 안 그래요? 자, 여기 하나 드세요! (의사의 입에 마카롱을 넣는다.) 크리스티네, 너도 먹어. 그리고 나도 하나 먹어야지. 작은 거 하나만. 아니면 딱 두 개만. (다시 실내를 걸어 다닌다.) 아, 이제 정말 아주아주 행복해요. 이제 세상에 간절한 소원은 딱 하나밖에 없어요.

랑크 그래요? 그게 뭔데요?

노라 토르발에게 들려주고 싶은 말이 하나 있어요.

랑크 그럼 왜 말을 안 하죠?

노라 용기가 안 나요. 나쁜 얘기니까요.

린데 부인 나쁜 얘기라고?

랑크 아, 그럼 이야기하지 않는 게 좋지요. 하지만 우리에게는 할 수 있잖아요? 토르발에게 그렇게 들려주고 싶은 얘기가 뭔가요?

노라 죽어 버리라고 너무너무 말하고 싶어요.

랑크   제정신이 아니군요!

린데 부인   아, 저런, 노라!

랑크   얘기하시죠. 저기 그 사람이 있네요.

노라   (과자 봉투를 숨긴다.) 빨리 빨리!

   (외투를 팔에 걸치고 모자를 손에 든 헬메르가 그의 방에서
   나온다.)

   (그에게) 사랑하는 토르발, 그분과 이야기는 끝난 거예요?

헬메르   그래, 그 사람은 갔어.

노라   자, 들어 봐요. 이 사람은 크리스티네예요. 오늘 여기에
   왔어요.

헬메르   크리스티네? 미안하지만 모르겠는데…….

노라   토르발, 린데 부인 말이에요. 크리스티네 린데 부인요.

헬메르   아, 그러시군요. 제 아내의 어린 시절 친구지요?

린데 부인   예, 옛날에 알고 지냈지요.

노라   생각해 봐요. 크리스티네는 당신과 이야기를 하려고 멀
   리서 여기까지 왔대요.

린데 부인   원래 그럴 계획은 아니었지만…….

노라   크리스티네는 사무 일을 아주 잘하거든요. 그리고 능력
   있는 사람의 지도를 받으면서 지금 할 수 있는 것보다
   더 많이 배우고 싶어 해요.

헬메르   아주 좋은 생각입니다, 부인.

노라   그리고 당신이 은행 총재가 되었다는 말을 듣고 ─ 전
   보가 왔대요 ─ 바로 여기로 온 거예요. 토르발, 안 그래
   요? 날 위해서 크리스티네를 좀 도와줄 수 있지요? 예?

헬메르   못할 일은 아니지. 부인께서는 혼자인가요?

린데 부인   그렇습니다.

헬메르   그리고 사무 일을 보신 경험이 있고요?

린데 부인   예, 꽤 있어요.

헬메르   그러면 충분히 제가 부인께 일을 드릴 수 있겠네요.

노라   (손뼉을 친다.) 거 봐! 내가 뭐랬어!

헬메르   부인은 아주 적절한 때에 오셨네요.

린데 부인   아, 어떻게 감사를 드려야 할지!

헬메르   괜찮습니다. (외투를 집는다.) 하지만 오늘은 이만 실례
    하겠습니다.

랑크   잠깐만! 나도 같이 가겠네. (현관에서 모피 외투를 가지고
    와서 난로에서 덥힌다.)

노라   사랑하는 토르발, 너무 오래 밖에 있지 마요.

헬메르   한 시간쯤 걸릴 거야. 그 정도면 돼.

노라   크리스티네, 너도 가니?

린데 부인   (외투를 입는다.) 응, 나도 나가서 방을 찾아봐야지.

헬메르   그럼 길 아래쪽까지 방향이 같네요.

노라   (린데 부인을 돕는다.) 아, 우리 집이 이렇게 좁으니 안타
    깝지. 우리는 너를 재워 줄 수가······.

린데 부인   아니, 신경 쓰지 마! 노라, 잘 있어! 고마워!

노라   너도 잘 지내. 오늘 저녁에 물론 다시 오겠지. 그리고 랑
    크 박사님, 박사님도 오세요. 예? 건강이 허락하면이라
    고요? 물론이지요. 옷 따뜻하게 입으세요.
    (다들 대화를 하며 현관으로 나간다. 바깥 계단에서 아이들
    목소리가 들린다.)

노라   저기 오네요! 저기 오네요!

(달려가서 문을 연다. 유모인 안네마리가 아이들과 함께 들어
온다.)

자, 이리 들어와! (허리를 굽혀 아이들에게 입을 맞춘다.)
아, 우리 예쁜 아가들! 크리스티네, 아이들이 보이지? 예
쁘지 않아?

랑크 여기 바람 부는 곳에서 떠들지 말고 들어가!

헬메르 린데 부인, 가십시다. 이제 여기는 어머니가 아닌 사
람들에게는 견딜 수 없는 곳이 되니까요.

(랑크 박사, 헬메르, 린데 부인은 계단을 내려간다. 유모는 아
이들과 함께 거실로 들어간다. 노라도 마찬가지로 들어가며
현관문을 닫는다.)

노라 얘들아, 정말로 건강하고 장난스러워 보이는구나. 뺨이
정말 빨개졌어. 사과 꽃이나 장미 같아. (여기서부터 그녀
는 아이들과 번갈아 이야기한다.) 재미있었어? 잘했네. 그
래. 에미와 보브를 썰매에 태우고 끌었어? 와, 대단한
데? 이바르, 벌써 다 컸네? 안네마리, 내가 좀 안게 해
줘요. 내 귀여운 인형! (유모에게서 제일 어린 아이를 받아
함께 춤을 춘다.) 그래, 그래, 보브하고도 춤을 출게. 응?
눈싸움을 했어? 엄마도 갔어야 했는데. 아니, 안네마리,
그냥 둬요. 내가 벗길게요. 예, 하게 해 줘요. 재미있거
든요. 좀 들어가 있어요. 정말 추워 보이네요. 난로 위에
따뜻한 커피가 있어요.

(유모는 왼쪽 방으로 들어간다. 노라는 아이들의 외투를 벗겨
주위로 던지면서 아이들과 이야기한다.)

노라 그래? 큰 개가 따라왔어? 그래도 물지는 않았지? 그럼,

개는 작고 예쁜 인형 같은 아이들은 물지 않아. 이바르, 상자를 들여다보면 안 돼! 뭔지 알고 싶어? 그래, 알아도 되지. 아니야, 안 돼. 무시무시한 게 들어 있거든. 응? 놀까? 뭘 하고 놀까? 숨바꼭질을 할까? 숨바꼭질을 하자. 보브가 제일 먼저 숨어. 내가 숨을까? 그래, 내가 먼저 숨을게.

(노라와 아이들은 웃고 환호성을 지르며 거실과 오른쪽으로 난 옆방에서 함께 논다. 마지막으로 노라가 식탁 밑에 숨는다. 아이들은 달려 들어와 찾지만 그녀를 발견하지 못하고, 그녀의 희미한 웃음소리를 듣는다. 아이들은 식탁 쪽으로 달려가 식탁보를 들어 올리고 그녀를 찾는다. 아이들은 환호성을 지른다. 노라는 기어 나와서 아이들을 놀랜다. 아이들은 다시 환호한다. 그러는 사이 누군가 출입문을 두드린다. 아무도 그 소리를 듣지 못했다. 문이 반쯤 열리고 변호사 크로그스타드가 등장한다. 그가 기다리는 동안 놀이는 계속된다.)

크로그스타드   헬메르 부인, 실례합니다……

노라   (작은 소리로 외치며 몸을 돌리고 낮게 펄쩍 뛴다.) 아! 무슨 일이에요?

크로그스타드   죄송합니다. 바깥문이 열려 있었습니다. 누가 잊고 안 닫았나 봅니다.

노라   (일어선다.) 크로그스타드 씨, 남편은 집에 없는데요.

크로그스타드   압니다.

노라   예, 그럼 뭘 바라는 거죠?

크로그스타드   부인과 말씀을 좀 나누고 싶습니다.

노라   저하고요? (아이들에게 부드럽게) 얘들아, 안네마리에게

가거라. 응? 아니야, 낯선 아저씨가 엄마에게 나쁜 일을
하지는 않을 거야. 그분이 가시고 나면 다시 놀자. (아이
들을 왼쪽 방으로 보내고 그 뒤로 문을 닫는다.)

(불안하게, 긴장해서) 저하고 말씀을 나누고 싶다고요?

크로그스타드   예, 그렇습니다.

노라   오늘요? 하지만 오늘은 1일도 아닌데요……

크로그스타드   그 이야기는 당분간 안 할 겁니다. 다른 이야
기지요. 시간 좀 있지요?

노라   예, 예, 물론이죠. 다만……

크로그스타드   좋습니다. 저는 올센 식당에 앉아서 남편이 길
을 내려가는 것을 보았습니다.

노라   아, 예.

크로그스타드   어느 여자분과 함께였지요.

노라   그래서요?

크로그스타드   그 여자분은 린데 부인이 아닌가요? 이렇게 물
어봐도 괜찮겠습니까?

노라   예.

크로그스타드   지금 여기로 왔나요?

노라   예, 오늘 왔지요.

크로그스타드   부인과는 절친한 친구이죠?

노라   예, 그렇죠. 하지만 대체 왜……

크로그스타드   저도 그녀를 알고 지낸 적이 있습니다.

노라   저도 알아요.

크로그스타드   그랬나요? 그럴 만하지요. 그럴 줄 알았습니
다. 예, 제가 짧고 분명하게 여쭈어 보겠습니다. 린데 부

인이 은행에 취직했나요?

노라 크로그스타드 씨, 제 남편 밑에 있는 당신이 어떻게 저에게 이런 걸 캐물을 수가 있지요? 하지만 물어보니 대답해 드리죠. 그래요, 린데 부인은 취직하게 돼요. 그리고 크로그스타드 씨, 그녀를 위해 부탁을 한 사람은 저입니다. 이제 아셨지요?

크로그스타드 그럼 제 추측이 맞았네요.

노라 (방을 이리저리 돌아다닌다.) 예, 언제나 조금은 영향을 미칠 수 있다고 봐야죠. 여자라고 해도 말이지요. 크로그스타드 씨, 남의 밑에 있는 사람이라면, 그렇다면 다른 사람에게 피해가 가는 일을 하지 않도록 정말로 주의해야 하지 않을까요?

크로그스타드 영향력이 있는 사람에게 말인가요?

노라 그렇죠.

크로그스타드 (어조를 바꾸어) 헬메르 부인, 부인이 친절하게도 부인의 그 영향력을 저를 위해 사용할 수는 없겠습니까?

노라 뭐라고 했어요? 무슨 뜻이죠?

크로그스타드 제가 은행에서 자리를 유지할 수 있도록 도와주겠습니까?

노라 그게 무슨 뜻인가요? 그 지위를 빼앗으려 하는 사람이 있나요?

크로그스타드 아, 제 앞에서 순진한 척할 필요는 없습니다. 부인의 친구분이 저와 마주치고 싶어 할 리가 없다는 것을 저는 잘 알고 있고, 또 제가 쫓겨나면 그게 누구 때문인지도 잘 알고 있으니까요.

노라　하지만 분명히…….

크로그스타드　예, 예, 예. 간단히 말씀드리지요. 아직 시간이 있으니, 그 일을 막기 위해 영향력을 행사해 달라고 부탁드립니다.

노라　하지만 크로그스타드 씨, 제게는 영향력이 전혀 없어요.

크로그스타드　그런가요? 방금 듣기로는…….

노라　그 말씀을 그렇게 이해하면 절대로 안 되죠. 저는……. 제가 제 남편에게 그렇게 영향을 미칠 수 있다고 확신하는 이유는 뭔가요?

크로그스타드　저는 남편분을 대학 시절부터 알고 있습니다. 총재께서는 다른 어떤 사람보다도 단호한 분인 것을 저는 압니다.

노라　제 남편을 무시하는 말을 하면 밖으로 내보내겠어요.

크로그스타드　부인은 용기가 많군요.

노라　저는 당신이 더 이상 두렵지 않아요. 새해가 되면, 저는 이 모든 일에서 벗어날 거예요.

크로그스타드　(더 자제하며) 부인, 잘 들으십시오. 필요할 경우, 저는 은행에서의 제 자리를 지키기 위해서라면 목숨을 지키기 위해서처럼 싸울 겁니다.

노라　예, 그럴 것처럼 보이네요.

크로그스타드　이건 돈 문제만은 아닙니다. 예, 그건 아주 작은 부분일 뿐이에요. 좋아요, 말하죠. 문제는 이겁니다. 다른 사람들도 다 알고 있듯이, 부인도 제가 전에는 다른 일을 했다는 걸 알고 있지요?

노라　그런 비슷한 말을 들은 일이 있는 것 같네요.

크로그스타드   그 일로 법정까지 가지는 않았습니다. 하지만
그 이후로 저에게는 모든 길이 막혀 버렸죠. 그래서 저
는 부인께서도 알고 계실 그런 사업들을 시작했지요.
뭔가를 붙잡아야 했으니까요. 그리고 저보다 더한 사람
들이 있었다는 걸 알아야 합니다. 하지만 이제는 다 정
리하고 싶습니다. 제 아이들이 자라고 있어요. 아이들
생각을 하면, 저는 이 도시에서 가능한 한 명예를 회복
해야 하죠. 은행에서의 제 자리는 저에게는 사다리의
첫 번째 단 같은 것이었습니다. 그런데 이제는 부인의
남편께서 저를 다시 진흙탕으로 되돌려 보내려 하네요.

노라   하지만 크로그스타드 씨, 저는 당신을 도와줄 능력이
없어요.

크로그스타드   그럴 의지가 없기 때문이지요. 하지만 저는 부
인이 그렇게 하게 만들 방법이 있습니다.

노라   제가 댁에게 돈을 꾸었다고 남편에게 말하려는 건 아니
겠죠?

크로그스타드   글쎄요. 말씀을 드린다면 어떨까요?

노라   염치없는 행동이 될 거예요. (울 듯한 목소리로) 저의 즐
거움이며 기쁨인 이 비밀을 남편이 이런 비열하고 치사
한 방법으로, 당신에게서 듣게 하다니요. 정말 너무나
불편하게 만드는군요.

크로그스타드   불편할 뿐인가요?

노라   (격하게) 가서 한번 해 봐요. 당신에게는 상황이 더 나빠
지기만 할 뿐일 테니까요. 남편은 당신이 어떤 사람인지
제대로 알게 될 거고, 그럼 당신은 결코 그 자리에 있지

못할 거예요.

크로그스타드   두려운 게 가정 내에서의 불편함뿐인지 물었습니다.

노라   남편이 알게 된다면 물론 남아 있는 제 빚을 단번에 갚아 줄 거고, 그럼 당신과는 끝이겠지요.

크로그스타드   (한 걸음 더 다가간다.) 헬메르 부인, 잘 들어요. 부인은 기억력이 나쁘거나 아니면 거래 관계가 어떻게 되었는지 잘 모르는군요. 처지가 어떤지를 제가 좀 알려 드려야겠습니다.

노라   무슨 말이죠?

크로그스타드   남편이 앓고 계실 때, 부인은 1200탈러를 빌리러 저에게 왔지요.

노라   달리 아는 사람이 없었으니까요.

크로그스타드   저는 그 액수를 구해 드리기로 약속을 했습니다.

노라   그리고 구해 주었죠.

크로그스타드   제가 그 액수를 구해 드리기로 약속했을 때, 어떤 조건이 있었습니다. 그때 부인은 남편의 병환 때문에 아주 걱정이 많았고, 여비를 구하려고 아주 열심이었지요. 그래서 저는, 부인은 자질구레한 일 하나하나에 신경을 쓰지 못했을 것으로 생각합니다. 그러니 기억을 새롭게 해 드리는 것도 좋겠죠. 저는 부인에게, 제가 작성한 차용증서를 받고 대신 돈을 마련해 드리기로 했습니다.

노라   그래요. 그리고 제가 서명했지요.

크로그스타드   그렇습니다. 하지만 그 아래에 저는 몇 줄을

더 넣었지요. 부인의 아버님이 보증을 섰습니다. 거기에
는 아버님이 서명했어야 했지요.

노라 서명했어야 했다고요? 서명을 하셨잖아요.

크로그스타드 저는 거기에 날짜 쓸 자리를 비워 두었습니다.
아버님께서 그 서류에 서명한 날짜를 쓰도록 한 것이었
지요. 기억납니까?

노라 예, 알 것 같아요.

크로그스타드 저는 부인이 그 증서를 아버지에게 우편으로
보내도록 부인에게 차용증서를 드렸지요, 그렇지 않습
니까?

노라 맞아요.

크로그스타드 그리고 부인은 물론 바로 증서를 아버님에게 보
냈죠. 부인은 5, 6일 후에 벌써 아버지가 서명한 증서를
가져왔으니까요. 그렇게 해서 그 액수를 다 받아 갔죠.

노라 예, 그래요. 하지만 저는 돈을 제대로 갚지 않았나요?

크로그스타드 아, 그런 편이죠. 하지만……. 우리가 하던 이
야기로 돌아가자면, 그때는 꽤 힘이 들었죠?

노라 예, 그랬어요.

크로그스타드 부인의 아버님도 편찮으셨던 것 같은데요.

노라 생명이 위태로우셨죠.

크로그스타드 그러고는 얼마 안 되어 돌아가셨죠?

노라 예.

크로그스타드 헬메르 부인, 혹시 아버님이 돌아가신 날짜를
기억하나요? 제 말씀은, 몇 월 며칠이었는지 기억하나요?

노라 아버지는 9월 29일에 돌아가셨어요.

크로그스타드   맞습니다. 저도 알아보았지요. 그런데 한 가지
        가 이상합니다. (종이 한 장을 꺼낸다.) 저는 설명할 수가
        없어요.

노라   이상한 일이라고요? 무슨 말인지 모르겠네요…….

크로그스타드   예, 부인, 아버님이 돌아가시고 사흘 후에 이
        차용증서에 서명하신 일이 이상합니다.

노라   예? 이해가 안 되는데요.

크로그스타드   아버님은 9월 29일에 돌아가셨습니다. 하지만
        여기를 보십시오. 아버님이 10월 2일이라고 날짜를 적으
        신 서명이 있습니다. 부인, 이상하지 않습니까?

노라   (말이 없다.)

크로그스타드   설명할 수 있겠습니까?

노라   (계속 말이 없다.)

크로그스타드   또 눈에 띄는 것은, 10월 2일이라는 날짜와 연
        도를 쓴 것이 아버님의 필체가 아니고 제가 알 듯한 필
        체라는 점입니다. 아, 그것도 설명을 할 수 있어요. 아버
        님은 서명하실 때 날짜를 잊으셨고, 그래서 누군가 다
        른 사람이 대신 해 주었나 보지요. 그게 뭐 나쁜 일은
        아니죠. 중요한 건 이름의 서명이니까요. 이 서명은 진
        짜 서명입니까? 여기에 이름을 쓰신 분은 정말로 아버
        님이 맞나요?

노라   (잠시 침묵하다가 머리를 뒤로 젖히고 도도하게 크로그스타
        드를 바라본다.) 아니요, 아니에요. 아버지의 이름을 쓴
        건 저예요.

크로그스타드   저런, 부인. 그렇게 자백하면 위험하다는 걸 알

고 있지요?

노라 왜요? 댁은 돈을 받을 텐데요.

크로그스타드 그럼 제가 질문을 하나 하겠습니다. 부인은 서
류를 왜 아버님에게 보내지 않았나요?

노라 할 수가 없었어요. 아버지는 편찮으셨으니까요. 서명을
해 달라고 청하려면 돈이 왜 필요한지도 아버지에게 말
씀을 드렸어야 했을 테니까요. 그렇게 편찮으셨던 아버
지에게 남편의 생명이 위험하다는 말은 할 수가 없었어
요. 그건 불가능했어요.

크로그스타드 그렇다면 외국 여행을 포기하는 게 나았을 걸
그랬네요.

노라 아니요, 그럴 수는 없었어요. 남편은 여행을 해야 살 수
있었으니까요. 그러니 포기할 수 없었죠.

크로그스타드 하지만 그때, 그렇게 하면 저를 속이는 거라는
생각은 안 했습니까?

노라 그것까지 신경을 쓸 상황이 아니었어요. 저는 당신 생각
은 하지도 않았어요. 저는 제 남편의 생명이 얼마나 위
험한지 알면서도 여러 가지로 일을 어렵게 만드는 당신
을 참을 수가 없었어요.

크로그스타드 헬메르 부인, 부인은 자신이 무엇을 잘못했는
지 제대로 모르는 것 같습니다. 하지만 이제 제가 말해
드리죠. 그건 제가 전에 저질렀던 잘못, 저의 사회적 지
위를 완전히 망가뜨린 그 잘못보다 더하지도 덜하지도
않은 것입니다.

노라 댁이요? 댁이 부인의 생명을 구하기 위해 했던 일이 용

감한 일이었다고 저에게 말하는 건가요?

크로그스타드 법은 배경을 묻지 않습니다.

노라 그렇다면 아주 나쁜 법이겠네요.

크로그스타드 나쁜 법이건 아니건……. 제가 그 서류를 법원에 보이면, 부인은 법에 따라 심판을 받습니다.

노라 그 말은 믿지 않아요. 딸이라면 임종하시는 아버지의 두려움과 걱정을 덜어 드려야 하는 게 아닐까요? 아내라면 남편의 생명을 구할 권리가 있어야 하지 않을까요? 저는 법을 자세하게 알지는 못해요. 하지만 제가 아는 건, 이런 것들을 어디에선가는 허용해야 한다는 거예요. 댁은 변호사인데 이런 정도는 알지 않나요? 크로그스타드 씨, 당신은 훌륭한 법률가는 아니겠네요.

크로그스타드 그럴 수도 있지요. 하지만 거래에 대해, 우리가 맺은 것 같은 그런 종류의 거래에 대해서라면 제가 잘 알 거라고 생각하지 않습니까? 좋습니다. 좋을 대로 해요. 하지만 이 말씀은 꼭 드리겠습니다. 제가 다시 쫓겨난다면 부인께서도 저와 함께 갈 겁니다.

  (인사를 하고 현관을 지나 나간다.)

노라 (잠시 생각에 잠긴다. 고개를 뒤로 젖힌다.) 아, 이런! 나에게 겁을 주려고 하다니! 하지만 나도 그렇게 쉽게 넘어가지는 않아. (아이들의 옷을 정리하기 시작한다. 그러나 곧 멈춘다.) 하지만? 아니야. 그럴 수는 없어! 나는 사랑 때문에 한 일이잖아.

아이들 (왼쪽 문에 서서) 엄마, 그 이상한 아저씨는 이제 대문으로 나갔어요.

노라 그래, 그래. 나도 알아. 하지만 그 아저씨 이야기는 아무 한테도 하면 안 돼. 알겠지? 아빠한테도 하면 안 돼.

아이들 예, 엄마. 그럼 이제 다시 놀아요?

노라 아니. 지금은 하지 말자.

아이들 하지만 엄마, 아까 약속했잖아요.

노라 그래, 하지만 지금은 안 돼. 들어가거라. 할 일이 많구나. 자, 얘들아, 안으로 들어가자. (아이들을 조심스레 방으로 들여보내고 문을 닫는다.)

(소파에 앉아서 수놓던 것을 들고 몇 번 바느질을 하지만 금방 중단한다.) 아니지! (수놓던 것을 던지고 일어서서 현관문으로 가서 외친다.) 헬레네! 나무를 들여오게 좀 도와줘요! (왼쪽에 있는 식탁으로 가서 서랍을 연다. 다시 가만히 서 있다.) 아니야, 그럴 리는 없어!

하녀 (나무를 들고) 마님, 나무를 어디에 세울까요?

노라 저기, 마루 가운데에 둬요.

하녀 가져올 것이 더 있나요?

노라 아니, 됐어요. 필요한 건 다 여기 있어요.

(하녀는 나무를 두고 다시 나간다.)

노라 (나무를 꾸미면서) 여기는 등을 달고, 여기는 꽃을 달아야 해. 저런 지긋지긋한 인간! 말만 계속 하지. 문제가 될 건 아무것도 없는데. 크리스마스트리는 예쁘게 될 거야. 토르발, 나는 당신이 원하는 건 다 할 거예요. 당신을 위해 노래하고, 춤을 추고…….

(헬메르가 팔에 종이를 한 뭉치 끼고 밖에서 들어온다.)

노라 아, 돌아왔어요?

헬메르　음. 여기 누가 왔나?

노라　여기요? 아니요.

헬메르　이상하네. 크로그스타드가 대문 밖으로 나가는 걸 봤는데.

노라　그래요? 아, 맞아요. 크로그스타드가 잠깐 다녀갔어요.

헬메르　노라, 그가 여기 와서 당신에게 자기 편을 들어 달라고 부탁했다는 게 눈에 보이는데.

노라　예.

헬메르　그리고 당신은 스스로 그렇게 했단 말이오? 그가 여기 왔다는 걸 나에게 숨기다니. 그것도 그가 부탁한 것 아니오?

노라　예, 토르발, 맞아요. 하지만……

헬메르　노라, 노라. 거기에 넘어갔단 말이오? 그런 인간과 말을 하고 그에게 약속을 하다니! 거기다가 나에게 거짓말을 하다니!

노라　거짓말이라고요?

헬메르　여기 아무도 안 왔다고 하지 않았소? (손가락을 들어 경고한다.) 내 작은 종달새는 다시는 그래서는 안 돼요. 종달새는 깨끗한 입으로 노래해야지. 틀린 곡조를 노래하면 안 돼. (노라의 몸을 붙잡는다.) 그렇지 않은가? 그래, 그건 나도 알았지. (그녀를 놓는다.) 그럼 이제 그 이야기는 하지 맙시다. (난로 앞에 앉는다.) 아, 따뜻하고 아늑하기도 하지. (서류를 뒤적인다.)

노라　(크리스마스트리를 만지다가, 잠시 후에) 토르발!

헬메르　음.

노라　내일 스텐보리 씨 댁에서 열릴 가장무도회가 아주 기대
　　　돼요.

헬메르　그래, 그리고 나는 당신이 어떻게 나를 놀라게 할지
　　　아주 궁금하다오.

노라　아, 뭔가 바보 같은 게 생각나겠죠.

헬메르　음?

노라　아직 뾰족한 생각이 나지 않아요. 모두 시시하고 재미없
　　　어요.

헬메르　작은 노라가 그걸 깨우쳤단 말이지?

노라　(그의 의자 뒤에서, 팔을 의자 등에 얹고) 토르발, 많이 바
　　　빠요?

헬메르　음…….

노라　그 서류는 다 뭐예요?

헬메르　은행 일이지.

노라　벌써요?

헬메르　이제 인사와 사업 계획에 관해 필요한 부분을 바꾸
　　　는 권한이 나에게 넘어왔다오. 크리스마스 주간에 그
　　　일을 할 생각이지. 새해에는 모든 일이 정리되어 있을
　　　거야.

노라　그러니까, 그 불쌍한 크로그스타드는 그래서…….

헬메르　흠.

노라　(의자 등에 기댄 채로 그의 뒷머리를 쓰다듬는다.) 토르발,
　　　너무 바쁘지 않으면, 아주 큰 부탁을 하나 하고 싶어요.

헬메르　말해 봐. 무슨 일인데?

노라　당신처럼 좋은 취향을 가진 사람은 없잖아요. 나는 가

장무도회에서 예쁘게 보이고 싶어요. 토르발, 잠깐 시간을 내서 내가 무엇으로 가장을 할지, 그리고 어떤 옷을 입어야 할지 정해 주지 않겠어요?

헬메르 아하. 작은 고집은 사라지고 구해 줄 사람을 찾는단 말이지?

노라 예, 토르발. 당신 도움이 없이는 어째야 좋을지 모르겠는걸요.

헬메르 알았어, 알았어. 생각해 보지. 뭔가 생각이 날 거야.

노라 아, 정말 고마워요. (크리스마스트리 쪽으로 간다. 다시 멈춘다.) 빨간 꽃이 예쁘기도 하지요. 하지만 말해 줘요. 크로그스타드가 한 일이 그렇게 나쁜 일이었어요?

헬메르 가짜 이름을 썼지. 그게 무슨 뜻인지 알아?

노라 어쩔 수 없이 한 일은 아니었을까요?

헬메르 그래, 아니면, 사람들이 흔히 그러듯이, 생각이 부족했던 거지. 나도 누구를 그런 단 한 번의 일 때문에 판단할 만큼 인정이 없지는 않아.

노라 그래요, 토르발, 그렇지 않지요!

헬메르 공개적으로 자신의 잘못을 자백하고 벌을 받는다면 도덕적으로 다시 일어날 수 있는 사람이 많을 거야.

노라 벌이요?

헬메르 하지만 크로그스타드는 그 길을 가지 않았어. 잔꾀와 재주를 부려서 피해 갔지. 그게 그를 도덕적으로 파멸하게 했고.

노라 그러니까 당신 생각에는…….

헬메르 그렇게 자기 잘못을 아는 사람이 어떻게 거짓말을 하고 속이고 모두에게 연극을 하겠나. 자신에게 가장 가까운 사람들, 그래, 바로 자기 아내와 아이들에게까지도. 노라, 아이들에게까지도 그렇게 했다는 게 가장 문제야.

노라 왜요?

헬메르 그런 거짓말 덩어리는 가정생활에 먼지와 병균을 가지고 오니까 말이지. 그런 집에서 아이들이 숨을 쉴 때마다 들이마시는 공기는 악한 기운으로 가득 차 있어.

노라 (뒤에서 그에게 가까이 간다.) 정말 그렇게 생각해요?

헬메르 아, 사랑하는 노라, 그건 내가 일찍이 변호사로서 깨달은 거야. 일찍 인생을 망친 사람들은 거의 모두 어머니가 거짓말쟁이였지.

노라 왜 꼭 어머니인가요?

헬메르 어머니들에게서 가장 잘 옮으니까. 아버지들도 물론 같은 방향으로 영향을 미치지. 그건 변호사라면 누구나 잘 아는 사실이야. 그럼에도 불구하고 그 크로그스타드란 자는 일 년 내내 집에 가서 거짓말과 연극으로 자기 아이들에게 독을 뿜었으니까. 그래서 내가 그를 도덕적으로 썩었다고 하는 거야. (양손을 그녀에게 뻗친다.) 그러니 우리 착한 노라는 그 사람을 위한 말을 해서는 안 돼. 약속해. 그래, 그래, 무슨 일인가? 나에게 손을 줘. 그래, 이렇게. 이제 약속한 거야. 내가 맹세하는데, 그와 함께 일하는 건 나에게는 불가능한 일이야. 나는 그런 사람이 가까이 있으면 글자 그대로 몸이 불편해.

노라 (손을 모으고 크리스마스트리 반대편에 있는 난로 쪽으로 간다.) 여기는 참 따뜻해요. 그리고 할 일이 정말 많아요.

헬메르 (일어서서 다시 서류를 주워 담는다.) 그래, 나도 만찬 전에 이걸 어느 정도 읽고 끝낼 생각이야. 당신 옷도 생각할게. 그리고 금박지로 포장해서 크리스마스트리에 걸 것도 준비했어. (노라의 머리에 손을 얹는다.) 아, 내 복 받은 작은 종달새. (방으로 들어가 문을 닫는다.)

노라 (잠시 조용히 있다가 작은 목소리로) 아, 저런! 그게 아니야. 그럴 리야 없지. 그건 불가능해.

유모 (왼쪽 문에 서서) 아이들이 어머니에게 오겠다고 자꾸 조르는데요.

노라 안 돼, 안 돼, 안 돼요! 아이들이 내게 오지 못하게 해요. 안네마리, 당신이 데리고 있어요.

유모 예, 마님.

     (문을 닫는다.)

노라 (걱정 때문에 창백하다.) 내 예쁜 아이들을 망친다고! 가정에 독을 뿜는다고? (잠시 멈춘다. 고개를 든다.) 사실이 아니야. 영원히, 절대로 사실이 아니야.

2막

같은 방. 피아노가 있는 구석에 크리스마스트리가 서 있다. 크리스마스트리는 이미 장식을 빼앗겼고, 초도 다 타 버렸다. 소파 위에는 노라의 외투.

(노라는 혼자 방에서 불안하게 돌아다닌다. 결국 소파 옆에 멈추어서서 망토를 벗는다.)

노라 (다시 망토를 든다.) 또 오네! (문 쪽으로 가서 귀를 기울인다.) 아니야. 아무도 없어. 물론이지. 오늘은 아무것도 안와. 성탄절, 그리고 내일도 안 와. 하지만 혹시……. (문을 열고 내다본다.) 아니야. 편지함에는 아무것도 없어. 비어 있네. (방을 가로질러 걸어간다.) 말도 안 돼! 물론 진담이 아니었을 거야. 그런 일은 일어날 수 없어. 불가능해. 나는 어린아이가 셋이나 있는걸.

(유모가 커다란 종이 상자를 들고 왼쪽 방에서 나온다.)

유모　아. 가장무도회용 옷이 든 상자를 이제야 찾았어요.

노라　고마워요. 식탁 위에 놓아요.

유모　(그렇게 한다.) 하지만 하나도 정리가 안 되어 있어요.

노라　아, 그걸 수천 수만 조각으로 찢어 버리면 좋겠네!

유모　저런, 안 되죠. 잘 손보면 돼요. 참을성만 조금 있으면
　　　돼요.

노라　그래, 내가 린데 부인에게 가서 좀 도와달라고 해야지.

유모　다시 나가신다고요? 이런 날씨에요? 감기에 걸려 아프
　　　시려고요.

노라　아, 그 정도는 문제가 아니야. 아이들은 어때요?

유모　불쌍한 어린애는 크리스마스 선물을 가지고 놀지만, 하
　　　지만…….

노라　내가 어디에 있는지 자꾸 묻나요?

유모　엄마가 옆에 있는 데 습관이 들었으니까요.

노라　그래요, 안네마리, 하지만 나는 이제 앞으로는 전처럼
　　　오래 아이들과 함께 있을 수 없어요.

유모　글쎄요. 어린아이들은 무엇에나 금방 익숙해지니까요.

노라　그렇게 생각해요? 엄마가 아주 사라지면 아이들이 엄마
　　　를 아주 잊을 거라고 생각해요?

유모　저런, 아주 사라지다니요!

노라　자, 안네마리, 말해 봐요. 나는 자주 그런 생각을 했어
　　　요. 당신은 어떻게 아이들을 다른 사람에게 떼어 놓을
　　　수 있었어요?

유모　어린 노라를 위해 유모가 되었을 때, 그럴 수밖에 없었

으니까요.

노라 당신이 원한 거였잖아요?

유모 그렇게 좋은 자리를 구할 수 있었으니까요. 불행을 겪은 가난한 여자라면 기뻐할 거예요. 나쁜 남자는 내게 아무것도 해 주지 않았지요.

노라 하지만 당신 딸은 분명 당신을 잊었겠죠.

유모 아니에요, 그렇지는 않아요. 내게 편지를 했어요. 목사님께 갔을 때와 결혼했을 때 말이지요.

노라 (유모의 목을 끌어안는다.) 아, 안네마리, 내가 어릴 때 당신은 정말 좋은 어머니였어요.

유모 작고 불쌍한 노라에게는 저 말고 다른 어머니가 없었으니까요.

노라 그리고 나는 알아요. 이 작은 아이들에게 아무도 없다면, 그럼 당신이 될 거예요. 말, 말, 말뿐이에요. (상자를 연다.) 아이들에게 들어가 봐요. 이제 나는 가야 해요. 내일이면 당신은 내가 얼마나 예뻐지는지 보게 될 거예요.

유모 그래요. 무도회에서 마님만큼 예쁜 사람은 아무도 없을 거예요. (왼쪽 방으로 들어간다.)

노라 (상자를 열기 시작하지만 곧 다 내던진다.) 아, 내가 나갈 수 있다면. 아무도 안 온다면. 그동안 이 집에 아무 일도 안 일어난다면. 바보 같은 말이지. 아무도 안 와. 생각하지 마. 모자를 털자. 예쁜 장갑, 예쁜 장갑. 너무 걱정하지 마, 너무 걱정하지 마. 하나, 둘, 셋, 넷, 다섯, 여섯. (소리친다.) 아, 오네. (문 쪽으로 가려고 하지만 결정하지 못하고 멈춘다.)

(린데 부인이 현관에서 들어오며 외투를 벗는다.)

노라 아, 크리스티네, 너구나! 밖에 다른 사람은 없었지? 네가 와서 얼마나 다행인지 몰라.

린데 부인 나를 찾아왔다면서?

노라 그래, 그저 지나가던 길이었어. 네가 꼭 도와주어야 할 일이 있어서. 소파에 앉자. 들어 봐. 윗집 스텐보리 영사 댁에서 내일 저녁에 가장무도회가 있어. 토르발은 내가 나폴리 어부 아낙으로 가장하고 카프리에서 배운 타란 텔라를 추었으면 한대.

린데 부인 어머나, 진짜 공연을 하는 거야?

노라 응, 토르발은 내가 그랬으면 좋겠대. 봐, 여기 옷이 있어. 토르발이 거기서 맞춰 준 거야. 하지만 지금은 이렇게 찢어져서 어떻게 해야 할지 모르겠어.

린데 부인 아, 그건 금방 고칠 수 있어. 모피가 여기저기서 조금 느슨해진 것뿐이잖아. 바늘과 실은 있지? 아, 필요한 건 다 있네.

노라 정말 고마워.

린데 부인 (바느질을 한다.) 그러니까 노라, 내일 변장을 하는 거야? 그럼 내가 잠깐 와서 너를 꾸며 주면 어떨까? 그런데 나 좀 봐, 즐거웠던 어제저녁 일에 대해 고맙다는 말을 하는 걸 깜박 잊었네.

노라 (일어나서 방 건너편으로 간다.) 아, 어제저녁은 별로 다른 때처럼 즐겁지 않았던 것 같아. 크리스티네, 네가 좀 더 일찍 왔어야 하는 건데. 그래, 토르발은 가정을 잘 꾸미고 즐겁게 할 줄을 알지.

린데 부인 너도 그에 못지않은 것 같은데? 그 아버지에 그 딸
이라고. 하지만 랑크 박사님은 늘 어제처럼 우울한 거야?

노라 아니야. 어제는 정말 이상했어. 하지만 그분은 아주 위
험한 병을 앓고 있으니까. 그분은 척수 결핵이 있어. 안
됐지. 그분의 아버지는 아주 문제가 많은 분이었어. 여
자가 많았지. 그래서 아들들도 어릴 때부터 몸이 안 좋
았대.

린데 부인 (바느질거리를 내려놓는다.) 하지만 노라, 어떻게 그
런 걸 알았니?

노라 (이리저리 걸어 다닌다.) 응……. 아이가 셋이 있으면 말이
지, 아줌마들이 찾아와. 그들은 의사나 마찬가지여서,
이런저런 이야기를 해 주지.

린데 부인 (다시 바느질을 한다. 잠시 후) 랑크 박사님은 매일
너희 집에 오니?

노라 반갑게도 매일 들러. 토르발이 어린 시절부터 알고 지냈
거든. 그리고 나에게도 좋은 친구지. 선생님은 가족이나
마찬가지야.

린데 부인 하지만 노라, 그분은 믿어도 되는 분이야? 그러니
까, 괜히 듣기 좋은 말을 하는 사람은 아니야?

노라 아니, 전혀 아니야. 왜 그런 생각을 하지?

린데 부인 네가 어제 나를 소개했을 때, 그분은 이 집에서
내 이야기를 자주 들었다고 했어. 하지만 나중에 보니
네 남편은 내가 누구인지 전혀 모르는 것 같았어. 랑크
박사님이 어떻게…….

노라 그래, 크리스티네, 그건 맞아. 토르발은 나를 너무 사랑

해서 자기 말대로 나를 아주 독점하려고 하거든. 처음에는 내가 우리 가족 이야기만 해도 거의 질투를 할 정도였어. 그래서 그만두었지. 하지만 의사 선생님과는 그런 이야기도 자주 해. 너도 보았겠지만 그분은 남의 이야기를 즐겨 듣거든.

린데 부인 노라, 이것 봐. 너는 여러 가지 면에서 아직 어린애구나. 나는 너보다 나이도 몇 살 더 먹었고 경험도 많아. 내 말 잘 들어. 랑크 박사와의 그런 관계는 끝을 내야 해.

노라 끝을 낸다고? 무슨 관계를?

린데 부인 무슨 관계든지 말이야. 어제 너는 돈 많은 애인이 돈을 마련해 주는 이야기를 떠벌였지?

노라 그래. 실제로는 없는 사람 얘기야. 있으면 좋을 텐데. 그래서?

린데 부인 랑크 박사님은 돈이 많지?

노라 물론이지.

린데 부인 그리고 돌봐야 할 가족도 없지?

노라 없지. 그런데…….

린데 부인 그리고 날마다 너희 집에 오지?

노라 아까 말했잖아.

린데 부인 그런 세련된 분이 왜 그렇게 남에게 바라는 게 많을까?

노라 무슨 말인지 정말 모르겠네.

린데 부인 속이려고 하지 마. 네가 누구에게서 1200탈러를 빌렸는지 내가 모를 것 같아?

노라 제정신이야? 어떻게 그런 생각을 할 수가 있어? 매일 찾
아오는 집안 친구가 ── 그렇다면 얼마나 끔찍하게 불편
한 처지겠어?

린데 부인 그럼, 진짜로 아니야?

노라 아니야. 장담할 수 있어. 한순간이라도 그런 생각은 한
적도 없어. 그 당시는 빌려 줄 돈도 없었고. 돈은 나중
에야 상속을 받았어.

린데 부인 그럼 이제 믿을게. 노라, 너에게는 정말 다행이다.

노라 그래. 의사 선생님에게 돈을 청할 생각은 나는 꿈에도 못
할 거야. 그리고 내가 그분에게 청하면 그분은 분명…….

린데 부인 물론 안 하겠지.

노라 물론 안 하지. 그럴 필요가 있다고 믿지도 않고 생각할
수도 없어. 하지만 분명한 게 있는데, 내가 의사 선생님
에게 말을 하면, 그럼…….

린데 부인 남편 모르게 말이야?

노라 나는 다른 곳에, 끝내야 되는 관계가 하나 있어. 그것도
남편은 모르는 일이야. 나는 그 관계를 끝내야 해.

린데 부인 그래, 그래. 내가 어제도 말했잖아. 하지만…….

노라 (왔다 갔다 한다.) 남자라면 그런 일을 여자보다 훨씬 더
잘 처리할 수 있을 거야.

린데 부인 자기 남편일 때 얘기지.

노라 쓸데없는 소리. (멈춘다.) 빚진 것을 다 갚으면, 차용증서
는 돌려받는 거지?

린데 부인 물론이지.

노라 그럼 그걸 수천 수만 조각으로 찢고 태워 버려도 되는

거지? 그 지긋지긋하고 더러운 서류들!

린데 부인　(노라를 뚫어지게 바라보며 천천히 일어선다.) 노라, 나에게 숨기는 게 있구나.

노라　그렇게 보여?

린데 부인　어제 아침 이후에 무슨 일이 있었던 거야. 노라, 무슨 일이지?

노라　(그녀에게 다가간다.) 크리스티네! (귀를 기울인다.) 들어 봐! 토르발이 집에 오네. 자, 자. 잠깐 아이들 방에 가서 앉아 있어. 토르발은 바느질을 싫어하거든. 안네마리에게 도와 달라고 해.

린데 부인　(물건을 주워 담는다.) 그래, 그래. 하지만 우리가 솔직한 이야기를 하기 전에는 여기서 떠나지 않을 거야. (왼쪽으로 들어간다. 그 순간 헬메르가 현관에서 들어온다.)

노라　(그에게로 간다.) 아, 토르발, 얼마나 당신을 기다렸는지 몰라요.

헬메르　방금 그 사람은 재단사였나?

노라　아니에요. 크리스티네였어요. 무도회 복장을 꾸며 주는 거예요. 내가 얼마나 예쁘게 되는지 기다려 봐요.

헬메르　그래, 하지만 내 아이디어가 좋았지?

노라　훌륭했지요! 내가 당신 마음에 드는 일을 하니 고맙지 않아요?

헬메르　(그녀의 턱을 잡는다.) 고맙다고? 남편 마음에 드는 일을 해 주기 때문에? 그래, 우리 귀여운 고집쟁이. 그런 뜻이 아니겠지. 옷을 입어 보아야 할 테니 방해하지 않겠소.

노라 당신은 일해야 돼요?

헬메르 응. (종이 뭉치를 보여 준다.) 여기 봐요. 난 은행에 갔다
　　　왔어. (자기 방으로 들어가려 한다.)

노라 토르발.

헬메르 (멈춘다.) 왜.

노라 당신의 작은 다람쥐가 아주아주 사랑스럽게 부탁을 한
　　　다면?

헬메르 무슨 일이오?

노라 그럼 들어주겠어요?

헬메르 먼저 무슨 일인지를 알아야지.

노라 당신이 친절하고 너그럽게 대해 주면 다람쥐는 이리저
　　　리 뛰어다니며 공중제비를 할 거예요.

헬메르 자, 말을 해요.

노라 종달새는 때로는 크게, 때로는 작게, 이 방 저 방에서
　　　노래할 거예요.

헬메르 종달새는 언제나 그렇게 하는데 뭐.

노라 토르발, 나는 요정 놀이를 하듯이 달밤에 당신을 위해
　　　춤을 출 거예요.

헬메르 노라, 오늘 아침에 말을 꺼냈던 그 일은 아니겠지?

노라 (간절하게) 그거예요. 토르발, 정말 부탁이에요.

헬메르 그 이야기를 다시 꺼낼 용기가 당신한테 있었단 말이
　　　야?

노라 예, 예, 내 말을 들어줘야 해요. 크로그스타드를 은행의
　　　그 자리에 그대로 두어야 해요.

헬메르 나의 사랑하는 노라, 그의 자리를 린데 부인에게 주

기로 했다오.

노라 　그건 정말 고마워요. 하지만 크로그스타드 말고 다른 사람을 해고하면 되잖아요.

헬메르 　이건 말도 안 되는 고집이군! 그의 편을 들겠다는 경박한 약속을 당신이 했다고 해서 내가…….

노라 　토르발, 그 때문이 아니에요. 당신 자신을 위해서예요. 그 사람은 더러운 신문에 글을 쓴다고 당신이 그랬잖아요. 당신에게 아주 해가 될 거예요. 나는 그 사람이 아주 두려워요.

헬메르 　아, 알겠소. 지나간 기억이 당신을 두려움에 떨게 하는군.

노라 　무슨 말이에요?

헬메르 　물론 당신 아버지 생각을 하는 거겠지.

노라 　예, 예, 그렇지요. 악한 사람들이 신문에 아버지에 대해 글을 쓰고 모함했던 걸 기억해 봐요. 정부 부서에서 당신을 보내 그 일을 조사하게 하고 당신이 아버지께 그처럼 우호적이고 관대하게 대하지 않았다면 아버지는 아마 쫓겨났을 거예요.

헬메르 　사랑하는 노라, 당신 아버지와 나 사이에는 차이가 있지. 아버지는 공무원으로서 흠잡을 데가 없는 분이 아니었소. 하지만 나는 다르지. 그리고 나는 이 자리에 있는 동안 끝까지 흠잡을 데가 없으려고 하오.

노라 　다른 사람들이 무슨 생각을 할지는 알 수 없잖아요. 지금 우리, 당신과 나와 아이들은 평화롭고 걱정 없는 집에서 조용하고 행복하게 살고 있지요. 토르발, 그러니

제발 부탁이에요!

헬메르 당신이 그렇게 부탁을 하니 나는 더더욱 그를 그대로
둘 수가 없군. 내가 크로그스타드를 해고하려 한다는
건 이미 은행 전체에 알려진 일이오. 은행의 새 총재가
자기 부인의 말을 듣고 뜻을 꺾는다고 알려지면…….

노라 그럼요?

헬메르 아, 물론, 우리 작은 고집쟁이가 자기 뜻대로 하게 된
다면, 나는 모든 직원들 앞에서 웃음거리가 되겠지. 사
람들에게 내가 외부의 영향에 휩쓸린다고 믿게 하라고?
잘 들어요. 나는 금방 그 결과를 절감하게 될 거야. 그
리고 내가 총재로 있는 동안, 크로그스타드가 은행에서
일할 수 없는 이유가 하나 더 있어.

노라 그건 어떤 일이죠?

헬메르 그의 도덕적 결함은 다른 도리가 없다면 내가 눈감아
줄 수도 있어.

노라 예, 토르발, 그렇죠?

헬메르 그리고 그는 아주 유용한 인간이라고들 하지. 하지
만 그는 내 젊은 시절 친구라오. 일찍 사귀어 놓고 두고
두고 귀찮은 그런 관계 중 하나지. 당신에게는 말 못할
것도 없지. 우리는 서로 말을 놓았다오. 그리고 이 지
각 없는 인간은 다른 사람들이 있을 때도 그 사실을 숨
기지 않아. 오히려 그 반대지. 그는 나에게 친밀한 말투
로 말할 특권이 있다고 믿거든. 그러고는 아무 때나 '너,
너, 헬메르' 하며 의기양양하단 말이야. 나에겐 아주 곤
란한 일이지, 정말. 그는 은행에서의 내 위치를 견디기

힘들게 만들 거야.

노라　토르발, 그건 당신 진심이 아니죠?

헬메르　아니라니? 왜 아니지?

노라　그건 작은 문제니까요.

헬메르　뭐라고? 작은 문제? 내가 속이 좁다는 말인가?

노라　아니요. 오히려 그 반대죠. 토르발, 그래서……

헬메르　상관없어. 당신은 내가 속이 좁다는 거지. 그럼 나도 속이 좁게 행동할 거야. 속이 좁다! 이걸 좀 보시지! 자, 이제 끝이야. (현관문으로 가서 외친다.) 헬레네!

노라　뭘 하려고요?

헬메르　(서류를 뒤진다.) 끝내려고 하는 거지.

　　　　(하녀가 들어온다.)

　　　　자, 이 편지를 가지고 바로 내려가. 심부름꾼을 잡아서 이 일을 처리하게 해. 빨리. 주소는 봉투에 쓰여 있어. 자, 여기 돈.

하녀　알겠습니다. (편지를 가지고 퇴장.)

헬메르　(서류를 정리한다.) 자, 우리 작은 고집쟁이.

노라　(숨 가쁘게) 토르발, 그 편지는 뭐였나요?

헬메르　크로그스타드의 해고장이지.

노라　토르발, 취소해요! 아직은 시간이 있어요. 아, 토르발. 취소해요. 나를 위해서요. 당신을 위해서, 아이들을 위해서요. 토르발, 안 들려요? 그렇게 해 줘요. 이 해고가 우리에게 무슨 결과를 가지고 올지 당신은 몰라요.

헬메르　이미 늦었어.

노라　예, 이미 늦었네요.

헬메르   사랑하는 노라. 당신의 두려움을 용서하겠소. 비록
         그것이 나에 대한 모독이긴 해도 말이지. 그래, 모독이
         야! 아니면, 몰락한 삼류 작가의 복수 앞에서 내가 떨어
         야 한다고 당신이 믿는 게 모독이 아닌가? 그래도 용서
         하오. 그것이 나에 대한 당신의 큰 사랑을 증명하니까.
         (그녀를 쓰다듬는다.) 그래, 그래야지, 내 사랑하는 노라.
         생길 일은 생기라지. 만약에 필요하다면, 내게는 용기와
         힘이 있다오. 내가 모든 책임을 지는 남자라는 걸 당신
         은 보게 될 거야.

노라   (겁에 질려) 그게 무슨 말이에요?

헬메르   모든 책임이라는 말이야.

노라   (단호하게) 절대 그럴 수는 없어요.

헬메르   그래. 그럼 나누지, 노라. 남편과 아내로서 말이야. 그
         럼 다 제대로 되는 거야. (그녀를 쓰다듬는다.) 이제 만족
         하나? 그래, 그래, 그래. 겁난 비둘기 눈은 하지 마. 모두
         다 허황된 상상일 뿐이야. 이제 당신은 타란텔라를 춰
         보고 탬버린 연습을 해야지. 나는 이제 안쪽 사무실에
         들어가 가운데 문을 닫겠소. 그럼 아무 소리도 안 들리
         지. 얼마든지 소리를 내요. (문 쪽으로 몸을 돌린다.) 랑크
         가 오면 내가 어디에 있는지 말해 줘요.
         (그녀를 향해 고개를 끄덕이고는 서류를 들고 방으로 가서
         문을 닫는다.)

노라   (겁에 질려서 어쩔 줄 모르며 땅에 못 박힌 듯 서서 중얼거린
         다.) 그는 할 수 있어. 그는 할 거야. 그는 온 세상이 뭐
         라고 해도 할 거야 — 아니야. 절대로 안 돼. 구원! 탈출

구! (현관에서 벨이 울린다.) 랑크 박사님이다. 다 좋지만 그건 안 돼! 다른 거라면 무엇이든 상관없어!

(노라는 얼굴을 비비며 마음을 다지고는 현관으로 통하는 문을 연다. 밖에 랑크 박사가 서서 외투를 옷걸이에 건다. 이제 어두워지기 시작한다.)

노라 랑크 박사님, 안녕하세요? 벨소리를 듣고 박사님인 줄 알았어요. 하지만 지금은 토르발에게 들어갈 수 없어요. 할 일이 있는 것 같았거든요.

랑크 부인은요?

노라 (방으로 들어가서 랑크 박사가 들어온 후 문을 닫으며) 아, 아시잖아요. 박사님을 위해서라면 저는 언제라도 시간이 있다는 거.

랑크 고마워요. 그렇다면 내가 할 수 있는 동안 그 시간을 이용해야죠.

노라 그게 무슨 말이에요? 할 수 있는 동안이라니요?

랑크 그래요. 그 말에 놀랐나요?

노라 저, 이상한 말이잖아요. 무슨 일이 있어요?

랑크 오랫동안 준비되었던 일이 일어나겠지요. 하지만 그렇게 금방 될 것 같진 않군요.

노라 (의사의 팔을 잡는다.) 무슨 소식을 들었나요? 랑크 박사님, 저에게는 말해야 해요!

랑크 (난로 옆에 앉는다.) 나는 점점 나빠지고 있어요. 어떻게 할 수가 없어요.

노라 (마음이 놓였다는 듯 숨을 놓는다.) 선생님의 일 말인가요?

랑크 아니면 누구 이야기겠어요? 자기 자신에게 거짓말을 할 필요는 없답니다. 헬메르 부인, 저는 제 환자 중에서도 가장 딱한 환자랍니다. 지난 며칠 동안 제 속사정이 어떤지 종합 검사를 해 봤지요. 파멸이에요. 아마 한 달 안에 저기 묘지에 누워서 썩을 거예요.

노라 아, 그런 나쁜 말을 하다니.

랑크 상황이 지독하게 나쁘니까요. 하지만 제일 나쁜 건, 다른 나쁜 일들이 먼저 많이 생길 거라는 점이죠. 검사가 한 가지만 남아 있어요. 그것만 끝나고 나면 언제 해결이 시작될지 대략 알 수 있죠. 부인께 드릴 말씀이 있어요. 헬메르는 유난히 예민해서 추한 것은 견디지 못해요. 그가 내 병실에 들어오지 않았으면 좋겠어요.

노라 하지만 랑크 박사님…….

랑크 그가 거기에 오는 걸 원하지 않아요, 절대로. 그가 못 들어오게 문을 잠글 겁니다. 최악의 사태가 닥친다는 게 확실해지면 부인께 십자가가 그려진 명함을 보내지요. 그럼 부인은 파괴가 시작된 걸 알 수 있을 거예요.

노라 아, 박사님은 오늘 정말 이상해요. 저는 박사님의 기분 좋은 모습을 보고 싶은데 말이죠.

랑크 죽음이 손에 떨어졌는데요? 이렇게 다른 사람의 죗값을 해야 하는데요? 여기에 정의가 있나요? 그리고 어느 가정에든 이런 식으로나 다른 식으로 어쩔 수 없는 복수가 자리 잡고 있지요.

노라 (귀를 막는다.) 말도 안 돼요! 아, 즐겁다! 재밌다!

랑크 그래요, 결국, 이건 다 웃기는 이야기밖엔 아무것도 아니지요. 내 불쌍하고 죄 없는 척추가 아버지의 신나는 장교 생활의 값을 하는 거죠.

노라 (왼쪽 식탁 옆에서) 아버지는 아스파라거스하고 거위 간 요리를 그렇게 좋아하셨다면서요? 그렇죠?

랑크 그래요. 송로도 좋아하셨죠.

노라 아, 송로, 예. 그리고 굴도 좋아하셨겠죠?

랑크 아, 굴이라, 굴, 물론이죠.

노라 그리고 포트와인과 샴페인도 좋아하셨겠죠. 이런 맛있는 것들이 이제는 모두 뼈가 되어 버리다니 슬픈 일이에요.

랑크 더구나 이런 것들을 즐기지도 못하는 불행한 뼈가 됐으니 더욱 그렇죠.

노라 어휴, 예, 그게 제일 슬픈 일이죠.

랑크 (그녀를 뜯어본다.) 흠······.

노라 (잠시 후) 왜 미소를 지었나요?

랑크 아니요. 웃은 건 부인입니다.

노라 아니에요, 박사님이 미소를 지었어요!

랑크 (일어난다.) 부인은 제가 지금껏 만나 본 최고의 장난꾼입니다.

노라 저는 오늘 장난을 치기로 작정을 했어요.

랑크 그래 보이네요.

노라 (양손을 그의 어깨에 얹고) 사랑하고 사랑하는 랑크 박사님, 박사님은 토르발과 저를 두고 돌아가시면 안 돼요.

랑크 아, 그런 그리움은 쉽게 극복되죠. 떠나가는 사람은 곧 잊히고요.

노라 (두려운 듯이 의사를 바라본다.) 그렇게 생각해요?

랑크 새로운 관계를 맺게 되고, 그럼…….

노라 누가 새로운 관계를 맺는다는 말이에요?

랑크 제가 사라지고 나면, 부인도 헬메르도 그럴 겁니다. 부인은 이미 시작한 것 같은데요. 엊저녁에 온 그 린데 부인은 무슨 일이었을까요?

노라 아……. 설마 불쌍한 크리스티네를 질투할 리야 없겠죠?

랑크 그래요, 질투합니다. 그분이 이 집에서 제 후임이 되겠군요. 제가 없어지고 나면 그 여자분이…….

노라 쉿, 그렇게 큰소리로 말하지 마요. 크리스티네가 저 안에 있어요.

랑크 오늘도요? 그것 봐요.

노라 제 옷을 바느질해 주기 위해서일 뿐이에요. 저런, 박사님은 이상하네요. (소파에 앉는다.) 랑크 박사님, 제발요. 내일이 되면 제가 얼마나 춤을 예쁘게 추는지 볼 수 있을 거예요. 그럼 박사님은 제가 오로지 박사님을 위해서 그렇게 한다고 생각해도 돼요. 예, 물론 토르발을 위해서기도 하지요. 물론 그렇죠. (상자에서 이것저것을 꺼낸다.) 랑크 박사님, 여기 앉아요. 보여 줄 게 있어요.

랑크 (앉는다.) 뭐죠?

노라 여기 봐요. 이거예요!

랑크 비단 양말이군요.

노라 살색이지요. 멋있지 않아요? 예, 여기는 아주 어두워요. 하지만 내일은……. 아니요, 아니요, 아니에요. 발만 볼 수 있어요. 그래요, 뭐 어때요. 나머지도 봐도 돼요.

랑크 흠…….

노라   왜 그렇게 마음에 안 든다는 듯이 봐요? 안 어울릴 것
       같아요?

랑크   별로 이유 있는 판단을 내릴 시간은 없었는데요.

노라   (잠깐 그를 바라본다.) 저런, 부끄러운 줄 알아요. (양말로
       가볍게 그의 귀를 때린다.) 이거나 받아요. (양말을 다시 넣
       는다.)

랑크   그리고 또 뭘 보여 줄 건가요?

노라   더 이상은 볼 게 없어요. 박사님은 어울리게 행동을 못
       했으니까요. (흥얼거리며 물건을 뒤적인다.)

랑크   (잠시 침묵한 뒤) 제가 이렇게 부인과 가깝게 앉아 있으
       니 모르겠군요. ── 아니요, 저는 이해할 수가 없습니다.
       제가 다시는 이 집에 올 수 없게 된다면 제가 어떻게 될
       지 전혀 모르겠어요.

노라   (미소 짓는다.) 예, 그래요, 저는 박사님이 저희 집을 아
       주 편안하게 생각한다고 믿어요.

랑크   (더 부드럽게, 혼잣말로) 그런데 이 모든 걸 한 번에 떠나
       야 하다니…….

노라   무슨 말씀을. 박사님은 떠나지 않아요.

랑크   (앞에서처럼) 그리고 작은 감사 표시 하나도 남길 수 없
       다니. 잠시 일시적인 그리움이나 남을까. 바로 다시 채
       워질 수 있는 그런 빈자리 하나밖에는 아무것도 남길
       수 없다니.

노라   그리고 제가 지금 박사님께 부탁을 드린다면? ……안
       돼요.

랑크   무슨 부탁을 한다는 말인가요?

노라 선생님의 커다란 우정의 표시죠.

랑크 예? 예?

노라 아니요, 제 말은, 아주 큰 부탁이란 말이에요.

랑크 부인은 정말 이번 한 번만은 저를 정말로 행복하게 만들어 주려는 겁니까?

노라 아, 선생님은 무슨 문제인지 몰라요.

랑크 좋아요. 그럼 말해 봐요.

노라 안 돼요, 랑크 박사님, 그럴 수 없어요. 정말 커다란 일이라 충고나 도움이 아니라 커다란 호의가 필요해요.

랑크 그럼 더욱 좋지요. 무슨 말을 하려는지 저는 전혀 모르겠어요. 이제 말을 좀 해요. 저를 믿지 못하나요?

노라 믿지요. 다른 누구보다도 박사님을 믿지요. 박사님은 저의 가장 진실하고 가장 좋은 친구예요. 그래서 이 말씀을 드리려는 거예요. 박사님, 알겠지만 박사님은 제가 어떤 일을 막는 걸 도와줘야 해요. 박사님은 토르발이 저를 얼마나 많이 사랑하는지 알아요. 저를 위해 목숨을 내놓아야 한다면 토르발은 한순간도 머뭇거리지 않을 거예요.

랑크 (노라 쪽으로 몸을 굽힌다.) 노라 ── 부인께서는 그가 유일한 사람이라고 생각합니까?

노라 (약간 의외라는 듯이) 유일한 어떤 사람요?

랑크 부인을 위해서라면 기꺼이 목숨을 내놓을 사람 말이죠.

노라 (무게 있게) 예, 그렇지요.

랑크 저는 제가 떠나기 전에 부인께서 이 사실을 알아야 한다고 스스로 결정을 내렸습니다. 더 나은 기회는 다시는 오지 않겠죠. — 그래요, 노라, 이제는 부인도 알아요. 그리고 이제는 부인께서 다른 누구보다도 저를 믿을 수 있다는 것도 압니다.

노라 (일어선다. 기복 없이 조용하게) 저를 가게 해 줘요.

랑크 (노라에게 자리를 만들어 주지만 계속 앉아 있다.) 노라…….

노라 (현관으로 통하는 문에 서서) 헬레네, 램프를 가지고 와요. (난로 쪽으로 간다.) 아, 랑크 박사님, 이건 정말 너무했어요.

랑크 (일어선다.) 제가 다른 사람만큼 부인을 열렬히 사랑했다는 것이 그렇단 말입니까? 그게 너무한가요?

노라 아니요, 하지만 그 사실을 저에게 말했다는 것이 그래요. 그럴 필요는 없었어요.

랑크 그게 무슨 뜻인가요? 이미 알고 있었나요? (하녀가 램프를 가지고 와서 책상 위에 두고 다시 나간다.) 노라, 헬메르 부인, 대답해요. 이미 알고 있었나요?

노라 아, 뭐예요, 제가 알았느냐고요? 모르겠어요. 하지만 선생님! 그렇게 어울리지 않게 행동하다니. 그 전에는 정말 좋았는데 말이죠!

랑크 그래요, 이제 적어도 부인은 제가 몸과 마음을 다해 부인을 사모한다는 걸 확실히 알겠죠. 말해 봐요.

노라 (그를 바라본다.) 상황이 이렇게 되었는데도 말을 하라는 건가요?

랑크 예. 무슨 일인지 알 수 있을까요?

노라 이제 아무것도 못 들을 거예요.

랑크 안 돼요! 안 돼요! 저를 그렇게 벌하면 안 됩니다. 사람의 힘으로 할 수 있는 일만 요구해요.

노라 저는 이제 선생님께는 아무것도 기대할 수 없어요. 그리고 이제 도움도 필요 없고요. 선생님도 알게 될 거예요. 모두가 상상이었을 뿐이었어요. 정말 그렇죠. 물론이에요! (흔들의자에 앉아 랑크 박사를 바라보며 웃는다.) 박사님, 박사님은 저에게 정말 친절했어요. 이제 램프가 있으니 부끄럽죠?

랑크 아니요, 별로 그렇지 않은데요. 하지만 이제 가야겠군요. 영영 가는 것일까요?

노라 아니요, 그럴 필요 없어요! 물론 전처럼 저희를 찾아오는 거예요. 토르발에게는 박사님이 꼭 필요하다는 걸 알잖아요.

랑크 부인은요?

노라 아, 저는, 선생님이 오면 꽤 즐겁지는 않을 것 같은데요.

랑크 그게 저를 잘못된 길로 이끌었죠. 부인은 제게 수수께끼입니다. 때로는, 부인이 헬메르와 있는 것만큼 저와 있는 걸 즐기는 것 같았어요.

노라 예, 그런가요. 사람에게는 무엇보다도 사랑하는 사람이 있고 누구보다도 함께 있고 싶은 사람이 있답니다. 이제 알겠지요.

랑크 아, 예, 그 말에 일리가 있네요.

노라 제가 아직 친정에 있었을 때, 저는 아버지를 제일 사랑했어요. 하지만 하인들에게 가는 것을 제일 재미있게 생각했죠. 하인들은 제게 이래라 저래라 하지 않았고, 아주 재미있는 이야기를 들려주었으니까요.

랑크   아, 제가 그 사람들의 후임이었군요!

노라   (펄쩍 뛰어 그에게로 간다.) 아, 사랑하는 박사님, 그런 뜻은 아니었어요. 하지만 들어 봐요. 토르발은 아버지와도 같아요.

(하녀가 현관에서 들어온다.)

하녀   마님! (귀엣말을 한다. 카드 하나를 건넨다.)

노라   (카드를 흘낏 쳐다본다.) 저런! (카드를 주머니에 넣는다.)

랑크   불쾌한 일인가요?

노라   아니, 아니에요. 전혀 그렇지 않아요. 그저 제 새 옷일 뿐이에요.

랑크   예? 옷은 저기 있지 않습니까?

노라   아, 예! 그렇죠! 하지만 이건 다른 옷이에요. 제가 주문했어요. 토르발은 알면 안 돼요.

랑크   아! 그게 바로 중대한 비밀이군요!

노라   예. 이제 제 남편에게 들어가 봐요. 지금 가운데 방에 있으니까요. 남편을 좀 잡아 두어요.

랑크   걱정 마요. 남편은 저에게서는 아무 말도 못 들을 테니까요. (헬메르의 방으로 들어간다.)

노라   (하녀에게) 부엌에서 기다린다고?

하녀   예. 집 뒤편 계단으로 올라왔습니다.

노라   아무도 없다고 하지 않았단 말이야?

하녀   했지만 소용이 없었어요.

노라   가려고 하지 않는단 말이지?

하녀   마님을 뵙기 전까지는 안 간답니다.

노라   그럼 들여보내요. 하지만 헬레네, 조용하게 해요. 아무에게도 말하면 안 돼요. 남편을 깜짝 놀라게 해 줄 거니까요.

하녀 예, 예, 물론이지요. (밖으로 나간다.)

노라 끔찍한 일이 일어나는구나. 결국은 생기고 마는구나. 아니야, 아니야, 안 돼. 이 일은 일어나면 안 돼. 막아야 해. (가서 헬메르의 서재 문을 잠근다.)

(하녀가 변호사 크로그스타드에게 현관문을 열어 주고 다시 닫는다. 그는 모피 외투에 장화를 신고 털모자를 쓰고 있다.)

노라 (그를 향해) 목소리를 낮춰요. 남편이 안에 있으니까.

크로그스타드 뭐, 상관없어요.

노라 할 말이 뭔가요?

크로그스타드 확인하고 싶은 게 있어서요.

노라 그럼 얼른 해요. 뭔가요?

크로그스타드 부인은 제가 해고되었다는 걸 알죠?

노라 크로그스타드 씨, 저는 막을 수가 없었어요. 댁을 위해 끝까지 노력했지만 그래도 도움이 되지 않았어요.

크로그스타드 남편이 부인을 별로 사랑하지 않나 보죠? 제가 부인에게 무슨 일을 할 수 있는지 알면서도 감히⋯⋯.

노라 남편이 그걸 안다고 생각하는 이유는 뭔가요?

크로그스타드 아니요, 저는 그렇게 생각하지 않습니다. 우리 토르발 헬메르가 그렇게 용감한 모습을 보여 줄 것 같지는 않네요.

노라 크로그스타드 씨, 제 남편을 존중해 줄 것을 요구합니다.

크로그스타드 저런, 존경을 드리지요. 하지만 부인께서 이 일을 그렇게 조심스레 비밀로 감추니, 저는 부인께서도 부인이 무슨 일을 저질렀는지를 어제보다는 잘 알고 있을 거라고 믿어도 되겠지요?

노라 당신이 알려 줄 수 있는 것보다는 더 많이 알았죠.

크로그스타드 예, 저 같은 무능한 법률가는…….

노라 저한테서 원하는 게 뭔가요?

크로그스타드 헬메르 부인, 어떻게 지내는지 보고 싶었을 뿐입니다. 저는 여기를 떠나서도 하루 종일 부인 생각을 했죠. 수금하러 돌아다니는 인간, 하찮은 사무원……. 저 같은 사람에게도 인정이라는 게 있거든요.

노라 있으면 있다는 걸 보여 줘요. 제 아이들을 생각해요.

크로그스타드 부인과 부인의 남편은 제 아이들을 생각했나요? 하지만 그건 이제 상관없습니다. 제가 부인에게 하려던 말은, 더 이상 부인은 이 일을 너무 진지하게 생각할 필요가 없다는 것뿐이었으니까요. 당분간은 제 편에서는 아무런 비난도 하지 않을 테니까요.

노라 그래요, 물론 그렇죠. 당신은 그럴 줄 알았어요.

크로그스타드 이런 일은 조용히 처리할 수 있으니까요. 세상 사람들에게 알려질 필요도 없어요. 그저 우리 셋 사이의 일이 될 겁니다.

노라 제 남편은 절대로 이 일을 알면 안 돼요,

크로그스타드 그걸 어떻게 막을 건가요? 혹시 남은 빚을 갚을 수 있는 건가요?

노라 아니요. 지금 당장은 안 돼요.

크로그스타드 아니면, 며칠 안으로 돈을 구할 방법이 있나요?

노라 제가 선택할 만한 해결책은 없어요.

크로그스타드 그래요, 그럼 어차피 아무것도 부인에게는 도움이 안 되었겠네요. 부인은 수중에 현금도 별로 없으니 저에게서 차용증서를 받아낼 수는 없겠군요.

노라 그러니 그 차용증서를 무엇에 쓸지 말해 줘요.

크로그스타드 그냥 갖고 있을 겁니다. 수중에 고이 간직할 거예요. 이 일과 관계가 없는 사람은 아무도 이 일을 모르게 할 거고요. 부인께서 절망에 빠져서 이런저런 결단을 내릴 경우에는…….

노라 예, 할 거예요.

크로그스타드 집과 가정을 버릴 생각을 한다면…….

노라 예, 할 거예요.

크로그스타드 아니면, 그보다 더 심한 생각을 한다면…….

노라 그걸 어떻게 아나요?

크로그스타드 그럼 그렇게 해요.

노라 제가 그 생각을 하는 줄 어떻게 알아요?

크로그스타드 우리 대부분은 마지막엔 그런 생각을 하죠. 저도 그런 생각을 했습니다. 하지만 저는 그만큼 용기가 없었어요.

노라 (소리를 죽여) 저도 그래요.

크로그스타드 (안심해서) 그렇지 않습니까? 부인도 그럴 용기가 없죠?

노라 없어요, 없어요.

크로그스타드 만약 한다면 그건 아주 어리석은 바보짓이죠. 집안에 들이닥친 첫 폭풍만 지나고 나면……. 저는 이 주머니에 부인의 남편에게 보내는 편지를 갖고 있습니다.

노라　거기 모두 다 쓰여 있나요?

크로그스타드　가능한 한 부드러운 말로요.

노라　(급히) 남편은 그 편지를 받으면 안 돼요. 그 편지를 산
산이 찢어 버려요. 제가 돈을 구하겠어요.

크로그스타드　부인, 죄송하지만 저는 얼마 전에 말했듯이…….

노라　저는 댁에게 빚진 돈 이야기를 하는 게 아니에요. 남편
에게서 돈을 얼마나 요구하는지 말하면 그 돈을 제가
구하겠어요.

크로그스타드　저는 남편에게 돈을 요구하지 않습니다.

노라　그럼 뭘 요구하는데요?

크로그스타드　그럼 잘 들어요. 부인, 저는 다시 서고 싶습니
다. 다시 올라갈 거라고요. 그리고 그때 부인의 남편이
저를 도와주어야 합니다. 저는 지난 일 년 반 동안 옳
지 못한 일은 아무것도 하지 않았습니다. 그동안 정말
생활이 힘들었죠. 저는 한 단계 한 단계씩 다시 위로 올
라가는 데에 만족했습니다. 지금 저는 다시 쫓겨났는데,
이번에는 다시 은혜를 베풀어 저를 받아들이는 것으로
만족하지 않을 겁니다. 다시 말하는데 저는 위로 올라
갈 겁니다. 저는 다시 은행에 들어갈 거고, 더 높은 자
리를 차지할 겁니다. 부인의 남편은 제게 자리를 하나
만들어 주어야 합니다.

노라　남편은 절대로 그렇게 하지 않을 거예요!

크로그스타드　할 겁니다. 저는 그를 알아요. 꿈쩍할 용기가
없는 사람이죠. 그리고 제가 일단 은행에 들어가서 그
와 함께 있기만 하면, 무슨 일이 벌어지나 두고 봐요!

일 년 안에 저는 총재의 오른팔이 될 겁니다. 저축 은행
을 휘두르는 건 토르발 헬메르가 아니라 닐스 크로그스
타드가 될 거라고요.

노라 절대로 그렇게는 못할 거예요.

크로그스타드 혹시……?

노라 이제 용기가 있어요.

크로그스타드 저는 겁 안 납니다. 부인처럼 편안한 생활에
    익숙해진 상류층 부인은…….

노라 두고 봐요! 두고 봐요!

크로그스타드 얼음 밑으로 뛰어들 건가요? 차갑고 새카만 물
    속으로요? 봄이 오면 떠밀려 오려고요? 흉하고 누구인지
    알아볼 수도 없는 모습으로, 머리카락은 빠진 채로요?

노라 그런 말을 해도 겁나지 않아요.

크로그스타드 부인이 그런 말을 해도 저도 겁나지 않습니다.
    그런 일을 하는 사람은 없으니까요. 게다가, 그런다고
    무슨 소용이 있겠어요? 어차피 제 주머니 안에 있는데
    말이죠.

노라 나중에는요? 만약에 제가……?

크로그스타드 부인이 돌아가신 후 부인의 명성은 저에게 달
    려 있다는 걸 잊었나요?

노라 (말없이 서서 그를 바라본다.)

크로그스타드 예, 이제 저는 부인에게 경고를 했습니다. 그러
    니 어리석은 행동은 하지 마세요. 헬메르는 제 편지를
    받았고, 저는 그에게서 소식이 오기를 기다리고 있습니
    다. 제게 이 길을 선택하도록 강요한 것은 부인의 남편

이라는 걸 잊지 말기 바랍니다. 부인, 안녕히 계십시오.
(현관을 통해 밖으로 나간다.)

노라 (현관문 쪽으로 가서 문을 반쯤 열고는 무슨 소리가 나는지 듣는다.) 가는구나. 편지를 주지는 않네. 아, 그럼, 그럴 리야 없지. (문을 점점 더 연다.) 지금 뭘 하는 거지? 밖에 서 있네. 계단을 바로 내려가지 않는데? 생각을 하는 걸까? 혹시……?
(편지함에 편지가 떨어진다. 그다음 크로그스타드가 계단을 걸어 내려가는 소리가 들린다.)

노라 (소리 없이 비명을 지른다. 거실을 가로질러 소파에 주저앉는다. 잠시 후) 편지함에 넣었구나! (조심스레 현관 쪽 문으로 간다.) 저기 있네. 토르발, 토르발, 이제 우리는 끝난 거예요!

린데 부인 (무도회 복장을 들고 왼쪽 방에서 나온다.) 이제 나도 어찌해야 좋을지 모르겠어. 그냥 입어 볼래?

노라 (급히, 작은 목소리로) 크리스티네, 이리 와.

린데 부인 (옷을 소파 위로 던진다.) 무슨 일이야? 정신이 나간 것 같아.

노라 이리 와. 저 편지가 보이니? 저기, 봐, 편지함의 유리 안을 봐.

린데 부인 그래, 그래. 나도 보여.

노라 그게 크로그스타드의 편지야.

린데 부인 노라, 너에게 돈을 빌려 준 건 바로 크로그스타드 였구나!

노라 그래. 그리고 이제는 토르발이 다 알게 될 거야.

린데 부인 아, 노라, 내 말을 믿어. 그게 우리 모두에게 제일
    좋아.

노라 크리스티네, 네가 아는 게 전부가 아니야. 나는 가짜로
    서명을 했어.

린데 부인 하지만 도대체 왜?

노라 크리스티네, 이제 너에게 할 말은, 내 증인이 되어 달라
    는 것뿐이야.

린데 부인 증언을 하다니? 뭘 해야 하는 거야?

노라 나는 정신이 나갔으니까, 그러니까 만일……

린데 부인 노라!

노라 아니면, 나에게 다른 무슨 일이 생긴다면, 그래서 내가
    여기 있을 수 없게 된다면…….

린데 부인 노라, 노라, 제정신이 아니구나!

노라 내 모든 책임을, 모든 잘못을 뒤집어쓰려는 사람이 나
    온다면, 그럼…….

린데 부인 그래, 그래, 하지만 어떻게 그렇게……?

노라 그럼 크리스티네, 그게 사실이 아니라고 네가 증언해야
    해. 나는 정신이 나간 게 아니야. 나는 온전히 이성을
    갖추고 있어. 잘 들어. 이건 다른 사람은 누구도 몰랐던
    일이야. 다 내가 혼자 한 일이야. 기억해.

린데 부인 그럴게. 하지만 이게 다 무슨 일인지 모르겠어.

노라 아, 네가 어떻게 다 이해하겠어? 놀라운 일은 이제야 벌
    어질 텐데.

린데 부인 놀라운 일?

노라 그래. 놀라운 일. 하지만 크리스티네, 이건 위험한 일이

야. 절대로 일어나서는 안 되는 일이지.

린데 부인   내가 가서 크로그스타드와 말해 볼게.

노라   그 사람에게 가지 마! 너에게 나쁜 일을 할 거야!

린데 부인   나를 위해서라면 그가 무슨 일이건 다 하던 때가 있었지.

노라   그 사람이?

린데 부인   그 사람 어디 살아?

노라   아, 어디더라? 그래, (주머니 안을 뒤진다.) 여기 그 사람의 명함이 있어. 하지만 편지는? 편지는?

헬메르   (자기 방 안에서 문을 두드린다.) 노라!

노라   (겁에 질려 외친다.) 아, 뭐예요? 무슨 일이에요?

헬메르   저런, 저런, 그렇게 놀라지 마요. 쳐들어가지 않을 거니까. 당신이 문을 잠갔소? 옷을 입어 보고 있나?

노라   예, 예, 옷을 입어 보고 있어요. 토르발, 나는 정말 예쁠 거예요.

린데 부인   (명함을 읽은 다음) 바로 여기 길 모퉁이에 사는구나.

노라   그래. 하지만 그것도 도움이 안 돼. 우리는 빠져나갈 길이 없어. 편지가 편지함 안에 있으니까.

린데 부인   열쇠는 남편에게 있고?

노라   응, 늘 그래.

린데 부인   크로그스타드가 자기 편지를 읽지 말고 돌려 달라고 청할 수 있잖아. 무슨 핑계를 찾을 수 있을 거야.

노라   하지만 토르발은 보통 이 시간에…….

린데 부인   좀 미뤄 봐. 그동안 남편 방에 들어가 있어. 최대한 빨리 올게.

(현관으로 통하는 문을 통해 재빨리 나간다.)

노라　(헬메르의 문으로 가서 문을 열고 들여다본다.) 토르발!

헬메르　(뒤쪽 방에서) 자, 남의 집도 아닌 내 거실에 이제는 들어가도 되는지? 랑크, 오게. 이제 봐야지. (문에 서서) 그런데 그건 뭐지?

노라　헬메르, 뭐 말이에요?

헬메르　랑크는 나보고 대단한 변장 장면을 기대하라고 했는데.

랑크　(문에 서서) 나도 그렇게 알아들었는데, 나도 틀렸네.

노라　예, 내일이 되기까지는 내가 얼마나 잘 꾸몄는지 아무도 구경할 수 없어요.

헬메르　하지만 노라, 긴장한 것 같은데? 너무 무리해서 연습을 한 건 아닌가?

노라　아니에요. 지금까지 연습을 하나도 안 했는걸요.

헬메르　하지만 연습은 해야 할 텐데.

노라　예, 토르발, 정말로 꼭 해야죠. 하지만 당신 도움이 없이는 도저히 할 수가 없어요. 다 잊어버렸으니까요.

헬메르　저런, 다시 복습을 해야겠는걸.

노라　아, 토르발, 제발 나 좀 도와줘요. 약속해 주겠어요? 아, 정말 걱정이 돼요. 사람들이 그렇게 많이 모이는데……. 당신은 나에게 저녁 시간을 다 내줘야 해요. 일은 조금도 하면 안 돼요. 펜을 손에 들어도 안 되고요. 예? 토르발, 약속해요?

헬메르　약속하지. 오늘 저녁은 아주 통째로 당신에게 다 내줄게. 이런 아무 대책 없는 노라에게. 흠, 그래, 하지만 먼저 한 가지만 하고……. (현관문으로 간다.)

노라　밖에서 뭘 하려고요?

헬메르　편지가 왔는지만 보려고.

노라　아니에요, 토르발, 하지 마요!

헬메르　뭐라고?

노라　토르발, 부탁이에요. 편지는 하나도 없어요.

헬메르　내가 가서 보리다. (가려고 한다.)

노라　(피아노 옆에 서서, 타란텔라의 처음 몇 박자를 친다.)

헬메르　(문 앞에서 멈추어 선다.) 저런!

노라　당신이 나와 연습해 주지 않으면 나는 내일 춤을 출 수 없어요.

헬메르　(그녀에게 간다.) 노라, 정말로 그렇게 겁이 나?

노라　예, 말도 못하게 겁이 나요. 지금 바로 연습을 하게 해 줘요. 식사 시간까지는 아직 여유가 좀 있어요. 아, 여기 앉아서 나를 위해 피아노를 쳐 줘요, 토르발. 나를 구해 줘요. 언제나처럼 반주를 해 줘요.

헬메르　좋아, 좋아. 당신이 그렇게 원한다면야. (피아노에 앉는다.)

노라　(상자에서 탬버린과 색색의 긴 숄을 꺼내고 그 숄로 급히 몸을 감는다. 팔짝 뛰어와서 외친다.) 피아노를 쳐 줘요! 이제 춤을 출 거예요!

　　　(헬메르는 피아노를 치고 노라는 춤을 춘다. 랑크 박사는 피아노 옆 헬메르 뒤에 서서 바라본다.)

헬메르　(피아노를 치며) 좀 천천히, 천천히 해요.

노라　할 수 없어요.

헬메르　노라, 그렇게 무리하게 하지 말고!

노라　이렇게 해야 해요!

헬메르　(중단한다.) 안 돼. 이건 전혀 안 되겠는걸.

노라　(웃으며 탬버린을 흔든다.) 내가 그렇다고 말하지 않았어요?

랑크　내가 피아노를 쳐 드리죠.

헬메르　(일어난다.) 그래, 그렇게 해 줘. 그럼 내가 춤을 이끌기가 더 쉬우니까.

　　　(랑크는 피아노에 앉아 연주한다. 노라는 점점 더 과격하게 춤을 춘다. 헬메르는 난로 옆에 서서, 춤을 추는 노라에게 이렇게 저렇게 고치라고 계속 말을 한다. 노라는 그 말을 듣지 못하는 것 같다. 머리가 풀어지고 어깨 위로 흩어진다. 노라는 그것을 깨닫지 하지 못하고 춤을 계속한다. 린데 부인이 들어온다.)

린데 부인　(발이 땅에 박힌 듯 굳어져 문에 멈춰 선다.) 아…….

노라　(춤을 추며) 크리스티네, 재미있지?

헬메르　그런데, 사랑하는 나의 노라, 당신은 목숨이라도 달린 듯 춤을 추는군.

노라　사실이 그렇거든요.

헬메르　랑크, 멈추게. 이건 미친 짓이야. 멈추라니까.

　　　(랑크는 연주를 멈추고, 노라도 갑자기 멈춘다.)

헬메르　(그녀에게) 이럴 줄은 정말 몰랐어. 내가 가르쳐 준 것은 모두 다 잊었군.

노라　(탬버린을 내던진다.) 당신도 봤잖아요.

헬메르　자, 여긴 지도가 좀 필요하겠군.

노라　예, 그래요. 얼마나 도움이 필요한지 이제 당신도 알겠죠. 당신이 끝까지 가르쳐 줘야 돼요. 토르발, 약속해 주겠어요?

헬메르 마음 놓고 믿어도 돼.

노라 당신은 오늘도 내일도 나 말고는 다른 생각은 조금도 하면 안 돼요. 편지도 열면 안 돼요. 우편함도 열면 안 되고요.

헬메르 아하. 그러니까 그 사람이 두려워서…….

노라 예, 예, 그래요.

헬메르 노라, 당신을 보니 그 사람에게서 편지가 이미 온 모양이군.

노라 나는 몰라요. 하지만 그런 것 같아요. 그래도 당신은 지금은 아무것도 읽으면 안 돼요. 모든 일이 다 끝날 때까지는 우리 사이에는 아무런 나쁜 일도 생기면 안 돼요.

랑크 (헬메르에게 말한다.) 부인의 말씀을 거역하면 안 되지.

헬메르 (그녀를 끌어안는다.) 아이 뜻대로 해 주지. 하지만 내일 밤, 당신이 춤을 추고 난 다음에는…….

노라 예, 그때는 마음대로 해도 돼요.

하녀 (오른쪽 문에서) 마님, 식사가 준비되었습니다.

노라 헬레네, 샴페인을 준비해 줘요.

하녀 알겠습니다. (나간다.)

헬메르 저런, 저런, 큰 파티를 벌이는 건가?

노라 밝은 아침이 올 때까지 샴페인 파티를 하는 거죠. (밖으로 외친다.) 그리고 헬레네, 마카롱도 좀 가지고 와요. 많이요. 오늘 한 번뿐이니까요.

헬메르 (노라의 양손을 잡는다.) 자, 자, 자. 그렇게 지나치게 흥분하지 말고. 보통 때처럼 나의 작은 종달새가 되어요.

노라 예, 예. 그럴게요. 하지만 잠깐 들어가 있어요. 랑크 박사님도요. 크리스티네, 머리 올리는 것 좀 도와줘.

랑크 (들어가며 작은 목소리로) 아무 일도 없겠지? 뭐 짚이는 일이나…….

헬메르 아, 전혀 없지, 이 사람아. 아이같이 두려워하는 것뿐이라네. 아까 말한 것처럼 말이야. (두 사람은 오른쪽으로 들어간다.)

노라 지금이야!

린데 부인 시골로 떠났대.

노라 네 표정을 보고 그런 줄 알았어.

린데 부인 내일 저녁에 집에 돌아온대. 내가 그에게 쪽지를 남겼어.

노라 그냥 둬. 네가 막을 수 있는 일은 아마 없을 거야. 사실, 지금 이렇게 놀라운 일을 기다리는 것 자체는 즐거운 걸, 뭐.

　　　(린데 부인은 식당으로 들어간다.)

노라 (잠시 서서 마음을 가다듬는다. 그리고는 시계를 본다.) 5시. 자정까지는 일곱 시간이 남았어. 그리고는 다음 자정까지 또 스물네 시간. 타란텔라가 끝날 때까지는 말이지. 스물다섯 시간이나 스물여섯 시간? 살 시간이 서른한 시간 남은 거지.

헬메르 (오른쪽으로 난 문에 서서) 그런데 작은 종달새는 어디에 있지?

노라 (그를 향해 팔을 벌리고) 종달새는 여기 있어요!

3막

같은 방. 거실 가운데 있던 소파 테이블과 그 주변 의자들은 이미 치웠다. 탁자 위에 램프가 켜져 있다. 현관을 향한 문은 열려 있다. 위층에서 춤곡이 들려온다.

(린데 부인은 탁자에 앉아 산만하게 책을 뒤적인다. 읽으려고 하지만 집중할 수 없는 것 같다. 긴장해서 몇 번이나 바깥 문 쪽으로 귀를 기울인다.)

린데 부인 (시계를 본다.) 아직 오지 않네. 때가 되었는데. 설마……. (다시 귀를 기울인다.) 아, 저기 온다. (현관으로 나가서 조용히 바깥문을 연다. 계단에서 나지막한 발소리가 들린다. 린데 부인은 속삭인다.) 어서 와요. 여기엔 아무도 없으니까요.

크로그스타드 (문에 서서) 집에서 부인의 쪽지를 발견했습니다. 이건 대체 무슨 뜻인가요?

린데 부인 이야기를 좀 했으면 해요.

크로그스타드 그래요? 그런데 꼭 이 집에서 해야 하나요?

린데 부인 내 집에서는 할 수가 없어요. 내 방에는 다른 방
을 통하지 않고 들어올 수 있는 출입구가 없으니까요.
들어와요. 우리 둘밖에는 아무도 없어요. 하녀는 자고
있고 헬메르 부부는 윗집의 무도회에 갔어요.

크로그스타드 (거실로 들어간다.) 저런, 저런. 헬메르 내외가
오늘 춤을 춘다고요? 정말인가요?

린데 부인 예. 그럼 안 되나요?

크로그스타드 아니요, 뭐 그렇진 않죠.

린데 부인 그래요, 크로그스타드 씨, 우리 얘기 좀 해요.

크로그스타드 우리 둘이 더 이상 할 얘기가 있나요?

린데 부인 할 얘기가 많죠.

크로그스타드 안 그런 줄 알았는데요.

린데 부인 아니에요. 크로그스타드 씨는 나를 제대로 이해한
적이 없어요.

크로그스타드 온 세상에 아주 명백한 그 이야기 말고도 또
이해할 것이 있었나요? 무정한 여인은 자기에게 더 유
리한 기회가 생기자 한 남자를 버렸죠.

린데 부인 내가 그렇게 매정했다고 생각해요? 그리고 내가
가벼운 마음으로 당신을 떠났다고 생각해요?

크로그스타드 그렇지 않았더라면, 그때 나에게 왜 그런 편지
를 보냈나요?

린데 부인 어쩔 도리가 없었으니까요. 당신과 관계를 끊으려

면 당신이 내게 갖고 있었던 감정도 모두 없애 버리는 게 내 의무였으니까요.

크로그스타드   (양손을 비빈다.) 그랬나요. 더군다나……. 그건 단순히 돈 때문이었죠.

린데 부인   나에게는 의지할 곳 없는 어머니와 어린 두 남동생이 있었다는 걸 잊으면 안 돼요. 크로그스타드 씨, 나는 그 이상 당신을 기다릴 수 없었어요. 그 당시 당신에게는 별로 희망이 없었잖아요.

크로그스타드   그랬을지도 모르죠. 하지만 다른 사람 때문에 나를 내칠 권리는 당신에게 없었습니다.

린데 부인   예, 그건 나도 알아요. 나도, 내가 그럴 권리가 있었는지 스스로 묻곤 했어요.

크로그스타드   (작은 목소리로) 당신을 잃었을 때 나는 발아래에서 땅이 꺼지는 것 같았습니다. 나를 봐요. 이제 나는 난파한 배 같은 남자입니다.

린데 부인   도움이 가까이 왔는지도 모르지요.

크로그스타드   도움이 가까이 왔었지요. 그런데 당신이 끼어들어서 막았어요.

린데 부인   크로그스타드 씨, 나는 몰랐던 일이에요. 내가 은행에서 당신의 자리에 들어가게 되리라는 건 오늘에야 알았어요.

크로그스타드   그렇게 말하니 믿겠습니다. 하지만 이제 사실을 알았는데 물러나지는 않나요?

린데 부인   아니죠. 그런다고 당신에게 도움이 되는 건 하나도 없으니까요.

크로그스타드 도움이 된다……. 그래도 나는 할 겁니다.

린데 부인 나는 지혜롭게 처신하는 법을 배웠어요. 인생과 고난, 심한 가난이 나에게 가르쳐 줬어요.

크로그스타드 인생이 나에게는 남의 말을 믿지 말라고 가르쳐 주더군요.

린데 부인 인생이 아주 좋은 걸 가르쳐 주었군요. 하지만 행동은 믿겠죠?

크로그스타드 무슨 말인가요?

린데 부인 방금, 당신이 난파한 배 같은 남자라고 했죠?

크로그스타드 그런 말을 할 만도 하지요.

린데 부인 나는 난파한 배 같은 여자거든요. 내가 보살펴 줄 사람도, 돌봐 줄 사람도 없지요.

크로그스타드 부인이 그렇게 선택했죠.

린데 부인 다른 것을 선택할 수는 없는 상황이었으니까요.

크로그스타드 좋아요. 그런데요?

린데 부인 크로그스타드 씨, 난파한 배 같은 두 사람이 서로 상대방에게 건너온다면 말이죠.

크로그스타드 그게 무슨 말이죠?

린데 부인 배 두 척이 함께 난파하면 배 두 척이 각각 난파한 것보다는 낫죠.

크로그스타드 크리스티네!

린데 부인 내가 왜 도시로 왔다고 생각해요?

크로그스타드 혹시 내 생각을 했던 건가요?

린데 부인 나는 살기 위해서는 일을 해야 해요. 내 평생, 내가 기억할 수 있는 동안은 언제나 일을 했지요. 그리고 그건 나에게 가장 큰, 유일한 기쁨이었어요. 하지만 이제 나는 혼자만 이 세상에 남았고, 너무나 공허하고 외로워요. 자기 자신을 위해서 일하는 건, 그건 전혀 기쁨을 주지 않지요. 크로그스타드 씨, 내가 무언가, 누군가를 위해 일할 수 있도록 해 줘요.

크로그스타드 믿을 수가 없군요. 지금 이건 아무 때나 자신을 희생하려 하는 흥분한 여자의 용기예요.

린데 부인 내가 흥분한 듯 보인 적이 있었나요?

크로그스타드 정말로 그렇게 할 수 있어요? 말해 봐요. 내 과거를 낱낱이 알고 있지요?

린데 부인 예.

크로그스타드 그리고 내가 여기서 어떤 취급을 받고 있는지도 알고 있죠?

린데 부인 당신이 아까 한 말은, 나와 함께 있으면 당신도 다른 사람이 될 수 있다는 말처럼 들렸어요.

크로그스타드 물론이죠.

린데 부인 그 일은 지금 일어날 수는 없는 일인가요?

크로그스타드 크리스티네, 잘 생각해 본 다음에 말을 하는 건가요? 예, 그렇네요. 당신을 보니 정말로 그렇네요. 그리고 정말로 용기도 있나요?

린데 부인 나는 내가 어머니가 되어 줄 누군가가 필요해요. 그리고 당신의 아이들은 어머니가 필요하죠. 우리 둘은 서로가 필요해요. 크로그스타드 씨, 나는 당신의 바탕이 선하다고 믿어요. 당신과 함께라면 무엇이건 할 용기가 있어요.

크로그스타드　(그녀의 양손을 잡는다.) 크리스티네, 정말 고마워요. 이제 나는 다른 사람들이 보기에도 떳떳한 사람이 될 수 있을 겁니다. ── 아, 그런데, 잊어버렸군요.

린데 부인　(귀를 기울인다.) 쉿! 타란텔라예요. 가요, 가요!

크로그스타드　왜요? 무슨 일이죠?

린데 부인　위층의 춤 소리가 들려요? 저 춤이 끝나면 그 사람들이 올 거예요.

크로그스타드　아, 그래요, 그럼 가겠습니다. 다 소용 없는 일이니까요. 부인은 내가 헬메르 부부에게 무슨 일을 했는지 물론 모르겠지요.

린데 부인　아니요, 크로그스타드 씨, 나는 알고 있어요.

크로그스타드　그래도 부인은 그렇게 용기가 났나요?

린데 부인　나는 절망이 당신 같은 사람을 어디까지 끌고 갈 수 있는지 알아요.

크로그스타드　아, 내가 그 일을 다시 되돌릴 수만 있다면!

린데 부인　그야 할 수 있지요. 당신의 편지는 아직 우편함 안에 있으니까요.

크로그스타드　확실해요?

린데 부인　확실해요. 하지만…….

크로그스타드　(그녀를 뜯어본다.) 그럼 이렇게 이해해야 하는 건가요? 부인은 어떤 대가를 치러서라도 친구를 구하려고 하는 건가요? 솔직하게 말해요. 그런가요?

린데 부인　크로그스타드 씨, 이미 한 번 다른 사람을 위해 자신을 판 사람은 다시는 그렇게 하지 않아요.

크로그스타드　내 편지를 돌려 달라고 하겠습니다.

린데 부인   안 돼요, 안 돼요.

크로그스타드   물론 되죠. 나는 헬메르에게 내려오라고 청하
겠어요. 그에게 내 편지를 돌려 달라고 하지요. 이 편지
는 나의 해고에 관한 것일 뿐이라고 하고, 읽을 필요가
없다고 하지요.

린데 부인   안 돼요, 크로그스타드 씨. 편지를 돌려 달라고 하
면 안 돼요.

크로그스타드   하지만 부인이 나를 여기로 불러낸 건 그 목적
이 아니었나요?

린데 부인   처음에는 놀라서 그러려고 했지요. 하지만 이제는
꼭 하루가 지났어요. 그리고 그동안 나는 이 집에서 정
말 믿을 수 없는 일들을 봤어요. 헬메르 씨는 모든 일
을 다 알아야 해요. 이 불행한 비밀은 밝혀져야 해요.
두 사람은 자기들 사이의 모든 일을 해명해야 해요. 이
렇게 계속해서 감추고 거짓말을 할 수는 없어요.

크로그스타드   아, 그래요. 그럴 용기가 있다면……. 어쨌건 한
가지는 할 수 있죠. 그리고 그 일 한 가지는 당장 해야
합니다.

린데 부인   (귀를 기울인다.) 서둘러요! 얼른 가요! 춤은 끝났어
요. 우리는 이제 한순간도 안전하지 않아요.

크로그스타드   밖에서 기다리겠습니다.

린데 부인   예, 그렇게 해요. 당신 집에서 만나기로 해요.

크로그스타드   이렇게 믿을 수 없을 정도로 행복한 적은 일찍
이 없었습니다. (바깥문으로 나간다. 거실과 현관 사이의 문
은 열려 있다.)

린데 부인   (방을 약간 정리하고 옷매무새를 다듬는다.) 이렇게
         바뀌어 버릴 줄이야! 그를 위해 일하고 그를 위해 살 그
         런 사람이라니! 내가 아늑하게 만들어 줄 가정. 그래,
         그럼 꼭 붙들어야지. 얼른 그렇게 되었으면. (귀를 기울
         인다.) 아, 지금 오는구나. 옷을 입어야지. (모자와 외투를
         입는다.)
         (헬메르와 노라의 목소리가 밖에서 들려온다. 열쇠가 돌아가
         고 헬메르가 노라를 거실로 끌고 들어오다시피 한다. 노라는
         이탈리아 민속 의상을 입고 큰 숄을 감고 있다. 헬메르는 연
         회복을 입고, 그 위에 앞이 트인 도미노 가면복을 입고 있다.)
노라   (아직 문에 서서 저항하며) 싫어요, 싫어요, 싫어요. 들어
         가지 않겠어요! 다시 올라갈래요. 이렇게 일찍 돌아오
         기는 싫어요.
헬메르   하지만 사랑하는 노라…….
노라   아, 토르발, 이렇게 간절하게 부탁해요. 내가 진심으로
         애타게 부탁해요. 한 시간만요!
헬메르   귀여운 노라, 일 분도 더는 안 돼. 약속을 했다는 걸
         당신도 알잖소. 자, 봐요. 거실로 들어가요. 지금 여기
         서 있으면 감기에 걸릴 거야. (노라가 저항하지만 그녀를
         이끌고 들어간다. 거실에는 램프가 타고 있다.)
린데 부인   안녕하세요?
노라   크리스티네!
헬메르   오, 린데 부인, 이 늦은 시간에 오셨습니까?
린데 부인   예, 죄송해요. 노라가 꾸민 모습을 보고 싶었어요.
노라   여기 앉아서 날 기다린 거야?

린데 부인 응. 제때 오지 못했지 뭐야. 벌써 위층에 올라갔더
         라고. 그래서, 너를 보기 전에는 그냥 다시 돌아갈 수
         없을 것 같았어.

헬메르 (노라의 숄을 받는다.) 예, 그럼 잘 보세요. 제가 생각
        해도 바라볼 만하니까요. 린데 부인, 노라는 정말 예쁘
        지 않나요?

린데 부인 예, 그렇네요.

헬메르 이상할 정도로 예쁘지 않은가요? 모임에서도 다들 그
        렇게 생각했어요. 하지만 노라는 지독하게 고집이 세죠.
        저 귀엽고 작은 노라가 말이에요. 어떻게 할까요? 그녀
        를 데리고 나오기 위해 거의 무력을 써야 했다고 하면
        믿겠습니까?

노라 아, 토르발, 내게 삼십 분이라도 더 주지 않은 걸 후회하
      게 될 거예요.

헬메르 린데 부인, 들어 보세요. 노라는 타란텔라를 추고 있
        었어요. 쏟아지는 박수갈채를 받았지요. 그럴 만했으니
        까요. 그 춤이 아주 자연적이기는 했지만, 그러니까 엄
        밀하게 말하면 예술이 요구하는 것보다 좀 지나치게 자
        연적이기는 했지만 말입니다. 하지만 뭐 어때요! 중요한
        건 춤이 성공적이었다는 거예요. 노라는 쏟아지는 박수
        를 받았지요. 그런데 그녀를 거기에 있게 해야 할까요?
        그 매력을 망쳐야 했을까요? 아니에요. 나는 내 작은 카
        프리 여자를 안아서 데리고 왔지요. 변덕스러운 작은
        카프리 여자라고 말해도 되겠죠. 홀을 한 바퀴 돌며 이
        쪽저쪽으로 인사를 하고, 그러면 소설에서 말하는 것처

럼, 아름다운 모습은 그만 사라져 버리는 거지요. 린데 부인, 마지막은 언제나 효과가 강렬해야 해요. 하지만 나는 노라에게 그걸 이해시킬 수가 없죠. 아, 이 안은 덥네요. (도미노 가면복을 의자에 던지고 자기 방으로 통하는 문을 연다.) 안은 어둡군요. 아, 예, 그럴 수밖에 없죠. 죄송합니다. (방으로 들어가 초를 켠다.)

노라 (급하게 숨을 헐떡이며) 어떻게 됐어?

린데 부인 그 사람과 이야기했어.

노라 그랬더니?

린데 부인 노라, 너는 남편에게 모두 다 이야기해야 해.

노라 (힘없이) 그럴 줄 알았어.

린데 부인 크로그스타드를 두려워할 필요는 없어. 하지만 말은 해야 해.

노라 말 안 해.

린데 부인 그럼 편지가 말할 거야.

노라 크리스티네, 고마워. 이제는 내가 할 일이 뭔지 알겠어. 쉿!

헬메르 (다시 들어온다.) 자, 부인. 그럼 노라를 구경했나요?

린데 부인 예. 그러니 이제는 작별 인사를 해야겠군요.

헬메르 예? 벌써 간다고요? 저기 저 뜨개질거리는 부인의 것인가요?

린데 부인 (뜨개질거리를 든다.) 예, 고맙습니다. 잊어버릴 뻔했네요.

헬메르 부인도 뜨개질을 하나요?

린데 부인 예, 예.

헬메르 수를 놓으면 더 좋을 텐데요.

린데 부인 예? 왜요?

헬메르 아, 훨씬 더 아름다우니까요. 보세요. 수놓는 것을 이
        렇게 왼손에 들고, 그리고 오른손으로 이렇게 바늘을
        이렇게……. 가볍게, 긴 곡선을 그리며 인도하지요. 안
        그렇습니까?

린데 부인 그럴지도 모르지요.

헬메르 하지만 뜨개질은……. 추하지 않을 수가 없어요. 여기
        를 보세요. 팔을 모으고, 바늘은 오르락내리락하고, 어
        딘가 중국적인 데가 있죠……. 아, 식사와 함께 나온 샴
        페인은 정말 대단했어.

린데 부인 예, 안녕히 주무세요. 노라, 고집 그만 피워.

헬메르 린데 부인, 옳은 말씀이십니다.

린데 부인 총재님, 안녕히 주무세요.

헬메르 (문까지 그녀를 배웅한다.) 안녕히 가세요, 안녕히 가세
        요. 집까지 잘 돌아가시겠지요? 제가 모셔다 드려야 하
        는 건데……. 하지만 먼 거리는 아니니까요. 안녕히 가
        세요, 안녕히 가세요. (린데 부인은 간다. 그 뒤로 헬메르는
        문을 잠그고 다시 안으로 들어온다.) 이제야 그 여자를 밖
        으로 내보냈군. 정말 지긋지긋한 여자야.

노라 토르발, 많이 피곤하죠?

헬메르 아니, 전혀 피곤하지 않아.

노라 졸립지도 않아요?

헬메르 전혀. 반대로 오늘은 이상하게 생기가 넘치는데? 하지
        만 당신은 어때? 그래, 당신은 피곤하고 졸려 보이는군.

노라 예, 많이 피곤해요. 이제 바로 잘래요.

헬메르 그것 봐, 그것 보라고! 그러니까 내가 더 이상 머무르지 말자고 한 게 옳았지.

노라 당신이 하는 일은 언제나 옳아요.

헬메르 (그녀의 이마에 입을 맞춘다.) 이제는 종달새가 마치 사람이 된 것처럼 말하는군. 그런데 오늘 저녁에 랑크 박사가 얼마나 유쾌한지 보았어?

노라 그랬나요? 거기 왔던가요? 나는 그분과 대화할 기회가 없었어요.

헬메르 나도 그랬어. 하지만 그 사람이 그렇게 기분 좋아 보이는 걸 본 적이 별로 없었지. (잠시 그녀를 바라본다. 그리고 다가온다.) 흠……. 집으로 돌아와 다시 우리 둘만 있는 게 얼마나 좋은지. 우리 단 둘이 있는 거 말이야. 아, 당신은 정말 매력 있는 젊고 아름다운 여자야.

노라 토르발, 나를 그런 눈으로 바라보지 마요!

헬메르 나의 가장 소중한 소유물을 바라보면 안 된다는 말인가? 나의 것, 온통 나만의 것인 이 아름다움을?

노라 (탁자의 반대편으로 간다.) 오늘 밤은 내게 그런 식으로 말하면 안 돼요.

헬메르 (뒤따라간다.) 아직도 타란텔라가 당신 피 안에 흐르고 있는 것 같군. 그래서 더 못 견디게 매혹적이야. 들어 봐! 이제 손님들은 떠날 거야. (작은 목소리로) 노라, 이제 곧 집 안은 조용해질 거야.

노라 예, 그랬으면 좋겠어요.

헬메르 그래, 나의 귀여운 노라, 그렇지? 아, 나는 당신과 함께

모임에 나가면, 그럼, 왜 내가 그렇게 당신과 말을 적게 하고 당신과 거리를 두는지, 왜 가끔 몰래 눈짓만 하는지 알아? 내가 왜 그러는지 알아? 그건 당신이 나의 감추어진 애인이라고, 나의 감춰 둔 젊은 약혼자라고, 그리고 우리 관계를 아무도 모른다고 상상하기 때문이야.

노라　예, 예, 예. 당신은 내 생각뿐인 거 나도 알아요.

헬메르　그리고 우리가 떠날 때가 되어 내가 숄로 당신의 아름다운 젊은 어깨를, 그 놀라운 어깨를 감쌀 때, 그때 나는 당신이 나의 젊은 신부라고 상상을 하고, 우리가 이제 막 결혼식에서 돌아와 내가 당신을 처음으로 내 집으로 데리고 들어온다고 상상을 해. 그리고 내가 처음으로 당신과, 떨리는 젊음, 아름다움과 둘이 있다고 상상을 하지. 우리 단 둘이 말이야. 오늘 저녁 내내 나는 당신 말고는 아무것도 원하지 않았어. 당신이 타란텔라를 추며 유혹하는 모습을 보았을 때, 나는 피가 끓는 것 같았지. 더 이상 견딜 수가 없었어. 내가 당신을 이렇게 일찍 데리고 내려온 건 그 이유에서야.

노라　토르발, 이제 가요. 나에게서 떠나요. 나는 이렇게 하는 거 싫어요.

헬메르　그게 무슨 말이야? 귀여운 노라, 당신은 아직도 나와 장난을 하는군. 싫다고? 싫다고? 나는 당신 남편이 아닌가? (누군가가 바깥문을 두드린다.)

노라　(놀라서 움찔한다.) 당신도 들었어요?

헬메르　(현관을 향해서) 누구요?

랑크　(밖에서) 나야. 잠깐 들어가도 될까?

헬메르 (작은 목소리로, 언짢은 듯이) 지금 뭘 하려는 걸까? (큰 소리로) 잠깐만. (가서 문을 연다.) 아, 우리 집 앞을 그냥 지나치지 않다니 다정하기도 하지.

랑크 당신 목소리가 들리는 것 같아서 잠깐 들여다보려고 했어. (주위를 둘러본다.) 아, 그래. 이 소중하고 친숙한 집. 자네들 집은 정말 아늑하고 편안해.

헬메르 자네는 윗집에서 꽤 즐거운 것 같던데.

랑크 정말 그랬지. 내가 그래서 안 될 이유가 있겠어? 이 세상에서 모든 걸 다 즐기지 않을 이유가 뭐 있겠나? 적어도, 즐길 수 있는 만큼, 즐길 수 있는 동안은 말이지. 포도주는 정말 훌륭했어…….

헬메르 특히 샴페인이 훌륭했지.

랑크 자네도 그걸 느꼈나? 술이 얼마나 잘 넘어가던지!

노라 토르발도 오늘 저녁에 샴페인을 많이 마셨어요.

랑크 그랬어요?

노라 예. 그러고 나면 언제나, 그다음에 기분이 좋거든요.

랑크 자, 하루를 열심히 일한 다음 즐거운 저녁을 즐기지 않을 이유란 없겠지.

헬메르 하루를 열심히 일한 다음. 나는 내가 그랬다고 자랑하지는 못하겠는데.

랑크 (그의 어깨를 친다.) 하지만 이봐, 난 할 수 있다네.

노라 랑크 박사님, 박사님은 분명 오늘 과학적인 연구를 하셨겠지요.

랑크 예, 바로 그겁니다.

헬메르 저런, 저런. 작은 노라가 과학적인 연구라는 말을 하다니!

노라 그럼 제가 박사님께 연구 결과를 축하해도 될까요?

랑크 물론이죠.

노라 그러니까, 결과가 좋았던 거지요?

랑크 의사를 위해서도 환자를 위해서도 최선의 결과지요. 확실한 결과니까요.

노라 (급하게, 눈치를 보며) 확실하다고요?

랑크 그 이상 확실할 수가 없죠. 그러니 그다음엔 저녁을 즐겨야 되지 않겠습니까?

노라 예, 랑크 박사님. 그래야죠.

헬메르 나도 그렇게 생각하네. 그 때문에 자네가 내일 아침에 고생하지만 않는다면 말이야.

랑크 아, 세상에 공짜가 어디 있나.

노라 랑크 박사님, 박사님은 가장무도회를 좋아하겠죠?

랑크 그래요. 재미있는 진기한 복장을 하고 온다면 말이죠.

노라 들어 보세요. 다음 무도회에서 우리 둘은 무엇으로 가장을 할까요?

헬메르 철부지 노라. 벌써 다음번 무도회 생각을 하는 거야?

랑크 우리 둘이라고요? 예, 들어 봐요, 부인은 행운의 아이로 변장할 거예요……

헬메르 그래, 하지만 그걸 나타낼 의상을 생각해 보게.

랑크 자네 부인이 지금 세상에서 있는 모습 그대로 가게 하면 돼.

헬메르 말 정말 잘했군. 하지만 자네는 무엇으로 변장할지 이미 아나?

랑크   아, 이 사람, 알지. 그건 아주 확실히 알아.

헬메르   뭔가?

랑크   다음 무도회에서 나는 눈에 보이지 않는 사람이 될 거야.

헬메르   재미있는 생각이네.

랑크   커다란 검은 모자가 있어. 몸을 감추는 모자 이야기를
한 건 바로 자네 아닌가? 그걸 쓰면 아무도 볼 수 없는
거지.

헬메르   (웃음을 참으며) 그래, 자네 말이 맞아.

랑크   아, 그런데 내가 왜 왔는지를 깜박 잊었군. 헬메르, 시가
좀 주겠나? 진한 하바나로 말이야.

헬메르   물론이지. (담뱃갑을 내놓는다.)

랑크   (받아서 끝부분의 껍질을 벗긴다.) 고맙네.

노라   (성냥을 꺼낸다.) 불을 붙여 드릴게요.

랑크   고맙습니다. (노라가 성냥을 들고 있다. 랑크 박사가 불을
붙인다.) 그럼 안녕히들 계시오!

헬메르   좋은 친구, 잘 가게!

노라   랑크 박사님, 안녕히 주무세요!

랑크   그 말씀 감사합니다.

노라   저에게도 같은 말을 해 주세요.

랑크   부인께요? 아, 예, 원한다면요. ── 안녕히 주무십시오.
그리고 불 붙여 준 것 고마워요. (두 사람에게 고개를 숙
여 인사하고 나간다.)

헬메르   (작은 목소리로) 술을 많이 마셨군.

노라   (겁먹은 목소리로) 그런지도 모르지요.
(헬메르는 주머니에서 열쇠 뭉치를 꺼내 현관으로 간다.)

노라   토르발, 뭐 하려고요?

헬메르   우편함을 비워야지. 아마 꼭 찼을 거야. 내일 아침에 신문을 넣을 자리도 없을걸.

노라   오늘 밤에 일을 하려고요?

헬메르   아닌 건 당신도 잘 알지. — 이게 뭐지? 누가 자물쇠를 만졌네?

노라   자물쇠를요?

헬메르   음, 정말이야. 무슨 일일까? 설마 하녀들이? 그건 아니겠지? 여기에 부러진 머리핀이 있는데? 노라, 이건 당신의…….

노라   (급히) 아이들이 그랬겠지요.

헬메르   당신은 정말로 아이들에게서 그 버릇을 없애야 해. 흠, 흠. 여기 있다. (내용물을 꺼내고 부엌으로 외친다.) 헬레네, 헬레네! 현관의 등을 꺼. (헬메르는 거실로 돌아가 현관문을 닫는다.)

(편지를 손에 들고) 이것 봐. 얼마나 편지함이 가득한지. (편지를 뒤적인다.) 이건 대체 뭐지?

노라   (창문을 향해서) 편지예요! 아, 토르발, 안 돼요, 안 돼요!

헬메르   명함인데? — 랑크 박사의 명함.

노라   랑크 박사님에게서요?

헬메르   (명함을 본다.) 의학박사 랑크. 이게 맨 위에 있었어. 가면서 편지함에 넣었나 봐.

노라   거기 혹시 뭐라고 쓰여 있나요?

헬메르   이름 위에 십자가가 그려져 있군. 여기 봐. 기분이 이상해지는데. 이렇게 하니까 꼭 그가 자기 자신의 죽음을 알리는 것 같지 않소?

노라　죽음을 알린 거예요.

헬메르　뭐라고? 당신이 아는 일이 있는 건가? 당신에게 무슨
　　　말을 했지?

노라　예. 우리가 명함을 받으면 그분은 우리에게 작별을 고
　　　하는 거라고 말했어요. 문을 닫아 걸고 죽을 거라고 했
　　　지요.

헬메르　불쌍한 내 친구 랑크. 그가 오래 내 옆에 있지 못할
　　　줄은 나도 알았지. 하지만 이렇게 일찍……. 게다가 그는
　　　마치 상처를 입은 동물처럼 숨어 버리는군.

노라　그런 일이 일어날 수밖에 없다면, 아무 말도 없는 게 좋
　　　아요. 토르발, 그렇죠?

헬메르　(왔다 갔다 한다.) 그는 이미 우리와 하나가 되어 버렸
　　　는데 말이지. 그를 잊을 수는 없을 것 같아. 랑크 박사,
　　　그의 고통과 그의 외로움은 우리의 햇살 환한 행복 뒤
　　　의 구름 낀 배경 같았지. 이게 차라리 나은지도 몰라.
　　　적어도 그를 위해서는. (걸음을 멈춘다.) 그리고 노라, 우
　　　리를 위해서도 그래. 이제 우리에게는 이 세상에 우리
　　　둘밖에 없잖아. (그녀를 안는다.) 아, 나의 사랑하는 아내,
　　　내가 당신을 충분히 꼭 붙잡고 있는지 모르겠군. 노라,
　　　가끔씩은 말이야, 아주 큰 위험이 당신에게 닥쳐서 내
　　　가 생명과 피와 모든 것을 당신을 위해 바치고 싶을 때
　　　가 있어.

노라　(헬메르에게서 벗어나 강하고 단호하게 말한다.) 토르발, 이
　　　제 당신에게 온 편지들을 봐요.

헬메르　아니, 아니. 오늘은 보지 않을 거야. 오늘은 사랑하는
　　　아내인 당신과 함께 있을 거야.

노라　친구의 죽음을 생각하면서요?

헬메르　당신 말이 맞아. 그 죽음은 우리 둘 다를 뒤흔들어 놓
　　　았지. 그래서 우리 사이에 아름답지 못한 뭔가가 생겼어.
　　　죽음과 끝에 대한 생각이지. 거기서 자유로워질 방법을
　　　찾아야 해. 그때까지는 각자 자기의 길을 가는 거야.

노라　(그의 목을 안고) 토르발, 잘 자요! 안녕!

헬메르　(그녀의 이마에 입을 맞춘다.) 그럼 노래하는 나의 새,
　　　잘 자요. 노라, 좋은 꿈 꿔요. 나는 이제 편지를 좀 읽어
　　　볼 테니까. (편지 뭉치를 들고 자기 방으로 들어가 문을 닫
　　　는다.)

노라　(불안한 눈빛으로 여기저기를 더듬어 보고, 헬메르의 도미노
　　　가면복을 들고는 그것을 걸치고 급히, 쉰 목소리로 말을 더듬
　　　으며 외친다.) 나는 다시는 그를 보지 못할 거야. 다시는.
　　　다시는. 다시는. (숄을 머리 위로 걸친다.) 아이들도 다시
　　　는 보지 못할 거야. 아이들도. 다시는. 다시는. 아, 얼음
　　　처럼 차가운 검은 물. 바닥이 없는…… 그……. 아, 이것
　　　이 이미 끝난 일이라면! 이제 그가 편지를 받았어. 이제
　　　편지를 읽겠지. 아, 아니야, 아니야. 아직은 아닐 거야.
　　　토르발, 잘 있어요. 아이들도…….
　　　(노라는 현관으로 나가려고 한다. 그 순간 헬메르가 펼쳐진
　　　편지를 손에 든 채 갑자기 문을 열고 들어온다.)

헬메르　노라!

노라　(크게 외친다.) 아!

헬메르　이게 뭐지? 이 편지에 쓰인 건 무슨 말이야?

노라　예, 나도 알아요. 나를 가게 해 줘요! 가게 해 줘요!

헬메르　(그녀를 붙잡는다.) 어디로 가려고?

노라　(떨치고 나가려고 한다.) 토르발, 당신은 나를 구하면 안 돼요!

헬메르　정말인가? 그가 쓴 말이 정말인가? 세상에! 아니야, 아니야. 이게 사실일 리가 없어.

노라　사실이에요. 나는 이 세상의 모든 부모보다도 당신을 사랑했어요.

헬메르　아, 말도 안 되는 핑계는 그만둬!

노라　(그에게 한 걸음 다가간다.) 토르발!

헬메르　당신은 한심하기도 하지……. 대체 무슨 일을 한 거요?

노라　나를 가게 둬요. 당신이 나 때문에 그 일을 떠맡을 필요는 없어요. 당신이 책임지면 안 돼요.

헬메르　연극은 그만둬. (현관문을 잠근다.) 당신은 이 집 안에 머물러 있으면서 나에게 설명을 해야 해. 당신이 무슨 일을 한 건지 알아? 대답해! 알고 있는 거야?

노라　(헬메르를 응시하며 굳어진 표정으로 말한다.) 예, 이제야 제대로 이해하기 시작하고 있어요.

헬메르　(거실을 왔다 갔다 한다.) 아. 깨어난다는 건 얼마나 끔찍한 일인가. 팔 년 내내……. 나의 기쁨이며 자랑이던 그녀가 사기꾼이며 거짓말쟁이, 아니, 그보다 더한 범죄자였다니! 이 모든 것이 사실은 이렇게 흉한 일이었다니! 아, 아!

노라　(침묵하며 계속 그를 응시한다.)

헬메르   이런 일이 생길 줄 알았어야 하는 건데. 내가 예측을 했어야 하는데. 당신 아버지의 경박한 성향 — 그래! 당신 아버지의 경박한 성향을 당신도 물려받았지. 종교도, 윤리도, 책임감도 없어. 아, 그런 사람을 너그럽게 감싼 대가는 비싸기도 하지! 나는 당신을 위해 그랬던 거요. 그걸 당신은 나에게 이렇게 갚는군.

노라   예, 그래요.

헬메르   당신은 나의 행복을 모두 부서뜨렸어. 나의 모든 미래를 당신이 망가뜨렸지. 아, 생각만 해도 끔찍한 일이야. 나는 양심이라고는 없는 사람의 손안에 들어 있어. 그는 나를 마음대로 할 수 있고, 나에게 무엇이든 요구할 수 있고 명령할 수 있지. 나는 이제 아무 소리도 못해. 나는 이제 이렇게 무너져서, 경박한 여자 때문에 망해야 해!

노라   나는 이제 세상 밖으로 나갈 거예요. 그럼 당신은 자유로워져요.

헬메르   아, 연극은 그만둬. 당신 아버지도 언제나 그런 식이었지. 당신이 당신 말대로 세상 밖으로 나간다고 해서 나에게 무슨 도움이 되겠나? 아무 도움도 되지 않을 거야. 그는 이러나저러나 이 일을 세상에 알리겠지. 그리고 그가 그렇게 하고 나면, 나는 아마 당신의 범죄 행위를 이미 알고 있었던 것으로 오해를 받을 거야. 어쩌면, 내가 그 뒤에 있었다고들 믿을지도 모르지. 당신을 부추긴 게 나라고 할지도 몰라. 그리고 나는 모든 것을 당신에게, 결혼한 이후로 줄곧 내 품 안에 보호한 당신에게 빚졌다고 하겠지. 당신이 나에게 무슨 일을 저질렀는지 알겠어?

노라 (냉정하고 차분하게) 알아요.

헬메르 이렇게 심한 거짓은 견딜 수 없어. 이제 우리는 상황을 정리해야 해. 숄을 풀어. 그거 벗으라니까! 나는 그를 어떻게든 진정시켜야 해. 어떤 대가를 치르더라도 사건을 축소해야 해. 당신에 관한 일은, 우선 우리 사이는 전과 똑같은 것처럼 보여야 해. 물론 세상의 눈에만 그렇다는 거지. 당신은 계속 이 집에 있어야 해. 당연히 그렇지. 하지만 당신에게 아이들을 키울 권리를 줄 수는 없어. 당신에게 그건 맡기지 못하겠어 ─ 아, 내가 그렇게 사랑했던, 지금도 사랑하는 여자에게 이런 말을 해야 하다니! ─ 하지만 그 시절은 지나갔어. 오늘부터 행복은 없어. 나머지를, 나무 밑동과 껍질을 건지는 것만 남았어.

(현관에서 벨이 울린다.)

헬메르 (놀라 몸을 움츠린다.) 뭐지? 이렇게 늦은 시간에? 혹시 가장 끔찍한 일이……. 그가 그렇게 할까? 노라 숨어! 당신은 아프다고 해.

(노라는 꼼짝하지 않고 서 있다. 헬메르가 가서 문을 연다.)

하녀 (옷을 반쯤만 입고 현관에 서서) 마님께 편지가 왔습니다.

헬메르 이리 줘. (편지를 쥐고 문을 닫는다.) 그래, 그에게서 온 거야. 당신은 받으면 안 되지. 내가 읽을 거야.

노라 읽어요.

헬메르 (램프 옆에서) 그럴 용기가 안 나는군. 당신과 나는 모두 망했는지도 몰라. 아니야. 나는 알아야 해. (편지를 급히 열고 몇 줄을 훑어 읽는다. 편지 안에 든 종이를 본다. 환성을 지른다.) 노라!

노라 (궁금해하며 그를 바라본다.)

헬메르 노라! 아니, 한 번 더 읽어야겠어. 그래, 그래. 맞아. 나는 살았어! 나는 살았어!

노라 그럼 나는요?

헬메르 당신도. 물론이지. 우리는 살았어. 둘 다. 여기 봐. 당신의 차용증서를 돌려보냈어. 그는 후회하며 뉘우치고 있대. 그의 삶에 행복한 변화가 생겨서, 아, 그가 무슨 말을 썼건 그건 상관없지. 우리는 살았어! 아, 노라, 노라. 아니, 먼저 이 끔찍한 걸 세상에서 없애야지. 어디 보자……. (차용증서를 흘낏 본다.) 아니야, 보지 않겠어. 이건 나에게 꿈에 지나지 않는 것이어야 해. (차용증서와 편지 두 통을 모두 찢어서 난로에 던지고는 불에 타는 모습을 바라본다.) 봐, 이제는 다 없어졌어. 그가 쓰기를, 크리스마스 이후에 당신이, 아, 그 삼 일은 당신에게는 끔찍했겠군.

노라 힘든 싸움이었지요.

헬메르 그리고 힘들어하면서도 다른 방법을 찾지 않고……. 아니야. 우리 이 지겨운 일은 더 이상 기억하지 말자. 우리는 기뻐하며 끝났다, 끝났다 하고 계속 외치면 되는 거야. 노라, 들어 봐. 당신 표정이 왜 그래? 왜 그렇게 굳어졌지? 아, 불쌍한 작은 노라. 다 알아. 당신은 내가 당신을 용서했다는 걸 믿을 수 없는 거지. 하지만 나는 용

서했어. 맹세하는데, 나는 당신을 모두 용서했어. 나에
대한 사랑 때문에 당신이 그렇게 했다는 걸 나는 알고
있어.

노라　정말 그래요.

헬메르　당신은 아내의 도리 그대로 나를 사랑했어. 통찰력이
부족해서 수단에 대해 옳은 판단을 내리지 못했을 뿐
이지. 하지만 당신이 스스로 제대로 행동하지 못한다고
내가 당신을 덜 사랑할 것 같아? 아니, 아니, 그렇지 않
아. 나에게 기대면 내가 당신에게 충고를 해 주고 인도
하겠어. 여자인 당신의 무력함이 당신을 두 배로 매력적
으로 만들지 않는다면, 나는 남편이 되어서는 안 될 거
야. 당신은 내가 했던 심한 말에 얽매이면 안 돼. 그건
내 위로 모든 것이 무너져 내릴 거라고 생각했기 때문
에 갑자기 놀라서 한 말이야. 노라, 나는 당신을 용서했
소. 당신을 용서했다고 맹세하오.

노라　용서해 줘서 고마워요. (오른쪽 문으로 나간다.)

헬메르　아니, 잠깐. (들여다본다.) 그 구석에서 뭐 하오?

노라　(안에서) 가장무도회 복장을 벗어요.

헬메르　(열린 문을 향해) 그래, 그렇게 해요. 좀 쉬면서 마음
이 평정을 찾도록 좀 가다듬어요. 깜짝 놀란 내 작은
새. 마음을 놓고 쉬어요. 내가 날개를 펴서 당신을 덮어
줄 테니. (문 주위에서 빙빙 돈다.) 아, 노라, 우리 집은 따
뜻하고 아름답기도 하지. 여기 당신의 피난처가 있어요.
나는 매의 발톱에서 곱게 빼낸 쫓기던 비둘기인 양 당
신을 보호할 거야. 당신의 가여운 놀란 가슴을 다시 편

안하게 해 줘야지. 노라, 조금씩조금씩 그렇게 될 거야. 나를 믿어요. 내일은 당신에게 이 모든 것이 전과는 다르게 보일 거야. 그러나 얼마 되지 않아 모든 일이 전과 똑같아질 거야. 나는 더 이상 당신에게 당신을 용서했다는 말을 반복할 필요가 없어지겠지. 당신은 어떻게 내가 당신을 내치거나, 아니면 비난할 거라고 생각했을까? 아, 노라, 당신은 남자의 마음을 몰라. 자기 아내를 용서했다는 걸 마음속에 품고 있는 건 남자에게는 말로 표현할 수 없을 정도로 달콤하고 만족스러운 일이지. 자기 아내를 전심으로, 거짓 없이 용서했다는 것 말이야. 그럼으로써 여자는 두 배로 그의 소유물이 되니까. 그는 아내를 이 세상에 다시 낳아 준 거야. 아내는 어떻게 보면 그의 아내이면서 그의 아이이기도 하지. 힘없고 무력한 존재인 당신은 앞으로 나에게 그런 존재가 될 거야. 나에게 마음을 열기만 하면 나는 당신의 의지와 양심이 되겠소. ──그건 뭐요? 잠자리에 들지 않나? 옷을 갈아입었나?

노라   (평상복을 입고서) 예, 토르발. 옷을 갈아입었어요.

헬메르   하지만 이 늦은 시간에 왜?

노라   나는 오늘 밤 잠을 안 잘 거예요.

헬메르   하지만 사랑하는 노라…….

노라   (자기 시계를 본다.) 아직 별로 늦지 않았군요. 토르발, 여기 앉아요. 우리는 할 이야기가 많아요.

        (노라는 탁자의 한편에 앉는다.)

헬메르   노라, 이게 무슨 일이야? 왜 그렇게 얼굴이 굳어진 거야?

노라 앉아요. ── 오래 걸릴 거예요. 나는 할 말이 많아요.

헬메르 (탁자에서 그녀의 맞은편에 앉는다.) 노라, 그렇게 하니
겁이 나네. 이해가 되지 않는군.

노라 예, 그게 문제예요. 당신은 나를 이해하지 못해요. 그리고
나도 당신을 이해한 적이 없었어요. 오늘 저녁까지는 그
랬어요. 아니, 내 말을 끊지 말아 줘요. 당신은 내가 하
는 말을 그냥 들어요. 지금 우리는 밀린 계산을 하는 거
예요.

헬메르 그게 무슨 뜻이오?

노라 (잠시 침묵한 뒤) 지금 우리가 이렇게 앉아 있는데, 뭐 생
각나는 게 없나요?

헬메르 대체 뭐?

노라 우리가 결혼한 지 팔 년이 되었어요. 그런데 당신과 나,
남편과 아내, 우리 둘이 이렇게 진지하게 이야기하는 게
지금이 처음이라는 생각이 안 들어요?

헬메르 진지하게 ── 그게 무슨 말이지?

노라 팔 년이 다 지나가도록, 예, 팔 년이 넘도록, 우리가 처
음 알게 되었을 때부터, 우리는 한 번도 진지한 문제에
관해 진지한 대화를 한 적이 없어요.

헬메르 나보고 당신에게 끊임없이 걱정거리를 이야기하란 말
인가? 당신은 나에게 하나도 도움이 되지 않을 텐데?

노라 걱정거리를 말하는 게 아니에요. 나는, 우리가 한 번도
진지하게 앉아서·무언가를 근본적으로 생각해 본 적이
없다는 거예요.

헬메르 하지만 사랑하는 노라, 그게 당신에게 적당한 일이었
      을까?

노라 그게 바로 문제의 핵심이에요. 당신은 나를 이해한 적
      이 없어요. 토르발, 나는 부당한 일을 많이 당했어요.
      먼저는 아버지에게서, 그다음엔 당신에게서.

헬메르 뭐라고! 어느 누구보다도 당신을 사랑한 우리 둘에게
      서라고?

노라 (머리를 흔든다.) 당신들은 나를 사랑한 적이 없어요. 당
      신들은 나에 대해 애정을 갖는 게 즐겁다고 생각했을
      뿐이죠.

헬메르 하지만 노라, 대체 이게 무슨 말이야?

노라 예, 토르발, 이런 거예요. 내가 아빠 집에 있었을 때는
      아빠가 내게 당신의 생각을 말씀하셨고, 그럼 나도 똑
      같이 그렇게 생각했죠. 그리고 내 생각이 달랐을 때는
      나는 그 생각을 숨겼어요. 아버지가 좋아하지 않았을
      테니까요. 아버지는 나를 인형 아기라고 불렀고, 내가
      인형을 갖고 놀듯이 나를 가지고 노셨어요. 그리고 내
      가 당신 집에 왔을 때…….

헬메르 지금 결혼을 그렇게 말하고 있는 건가?

노라 (상관하지 않고) 내 말은, 나는 그렇게 아빠 손에서 당
      신 손으로 넘어갔다는 거예요. 당신은 모든 것을 당신
      취향대로 꾸몄고, 그래서 나는 당신의 취향을 내 것으
      로 만들게 됐죠. 아니면 그런 척했던 것이었거나요. 나
      도 잘 모르겠어요. 두 가지 모두였던 것 같아요. 이랬다
      저랬다 했지요. 알고 보니 나는 여기서 가난하게 살았

던 것 같네요. 그날 벌어 그날 사는 거죠. 토르발, 나는 당신에게 재주를 부리는 것으로 먹고살았던 거예요. 하지만 당신이 그렇게 원했던 거죠. 당신과 아버지는 내게 큰 잘못을 했어요. 당신들은 내가 아무것도 되지 못한 데 대해 책임이 있어요.

헬메르 노라, 말도 안 돼. 당신은 감사할 줄도 모르는군. 당신은 이곳에서 행복하지 않았나?

노라 아니요. 행복한 적은 없었어요. 행복한 줄 알았죠. 하지만 한 번도 행복한 적은 없었어요.

헬메르 아니라고! 행복하지 않았다고!

노라 그래요. 재미있었을 뿐이죠. 그리고 당신은 언제나 내게 친절했어요. 하지만 우리 집은 그저 놀이방에 지나지 않았어요. 나는 당신의 인형 아내였어요. 친정에서 아버지의 인형 아기였던 것이나 마찬가지로요. 그리고 아이들은 다시 내 인형들이었죠. 나는 당신이 나를 데리고 노는 게 즐겁다고 생각했어요. 내가 아이들을 데리고 놀면 아이들이 즐거워하는 것이나 마찬가지로요. 토르발, 그게 우리의 결혼이었어요.

헬메르 당신 말도 일리가 있어. 과장되고 무리가 있긴 하지만 말이지. 하지만 이제는 달라질 거야. 놀이는 끝난 것으로 하지. 이제는 교육이 시작되는 거야.

노라 무슨 교육이요? 아이들의 교육인가요?

헬메르 사랑하는 노라, 당신의 교육과 아이들의 교육 모두를 말하는 거야.

노라 아, 토르발, 나를 당신에게 어울리는 아내로 교육할 사람은 당신이 아니에요.

헬메르　무슨 말인가?

노라　그리고 나는, 내가 어떻게 아이들을 교육할 준비가 되어 있겠어요?

헬메르　노라!

노라　당신이 바로 한 시간 전에 말하지 않았나요? 내게 그 일을 맡길 수 없다고요?

헬메르　흥분해서 한 말이었지! 어떻게 당신은 그 말에 귀를 기울여?

노라　아니요, 그 말은 옳은 말이었어요. 나는 그 일을 책임질 수 없어요. 먼저 해결해야 하는 다른 과제가 있어요. 나는 나 자신부터 교육해야 해요. 그런데 당신은 그 일을 도와줄 만한 사람이 아니에요. 내가 혼자 해야 해요. 그러니까 나는 당신을 떠날 거예요.

헬메르　(펄쩍 뛴다.) 당신 그게 무슨 말이야?

노라　나는 나 자신과 바깥일을 모두 깨우치기 위해 온전히 독립해야 해요. 그래서 더 이상 당신 집에 있을 수가 없어요.

헬메르　노라, 노라!

노라　지금 당장 떠나겠어요. 오늘 밤은 크리스티네가 나를 받아 줄 거예요.

헬메르　당신 미쳤군! 내가 허락하지 않을 거야! 내가 그것을 금지할 거야!

노라　이제는 내게 무엇을 금지해도 소용없어요. 내 물건은 내가 가지고 갈 거예요. 지금이나 나중에나, 당신 것은 아무엇도 받지 않겠어요.

헬메르　세상에 이 무슨 미친 짓인가!

노라　내일은 집으로 갈 거예요. 그러니까, 친정으로 갈 거예요. 무언가 시작하기에는 거기가 제일 쉬울 거예요.

헬메르　아, 눈이 멀고 경험도 없는 당신!

노라　토르발, 이제 경험을 쌓아야죠.

헬메르　집과 남편과 가정을 버리다니! 그리고 사람들이 뭐라고 할지는 생각도 안 하다니!

노라　그것까지 고려할 수는 없어요. 나는 이렇게 할 필요가 있다는 것만 알 뿐이에요.

헬메르　저런, 기가 막히는군. 그렇게 당신의 거룩한 의무를 저버릴 수 있다니.

노라　나의 거룩한 의무가 뭔가요?

헬메르　그걸 내가 말해야 아나? 남편과 아이들에 대한 책임이 아닌가!

노라　내게는 다른, 그만큼이나 거룩한 의무도 있어요.

헬메르　아니, 없어. 대체 무슨 의무지?

노라　나 자신에 대한 책임이에요.

헬메르　당신은 우선적으로 아내이며 어머니야.

노라　그 말은 더 이상 믿지 않아요. 나는 내가 우선적으로 당신과 마찬가지로 인간이라고 믿어요. 최소한, 그렇게 되려고 노력할 거예요. 토르발, 대부분의 사람들이 당신이 옳다고 할 거예요. 그리고 책에도 그런 비슷한 말들이 있죠. 하지만 나는 더 이상 대부분의 사람들이 하는 말로 만족할 수 없고 책에 쓰여 있는 것으로 만족할 수 없어요. 나는 모든 일에 대해서 스스로 생각하고 설명을 찾아야 해요.

헬메르 당신은 이 집에서의 당신의 위치에 대해 설명을 찾아야 하지 않을까? 그런 질문에 대한 확실한 인도자도 없잖아? 당신의 종교는?

노라 아, 토르발, 나는 종교가 뭔지도 제대로 모르겠어요.

헬메르 그게 무슨 말이오?

노라 나는 내 견신례 때 한센 목사님이 말한 것 외에는 아무것도 모르잖아요. 목사님은 종교가 이런이런 것이라고 말씀해 주셨어요. 내가 이 모든 것을 떠나 혼자가 되면, 그럼 나는 그것도 알아볼 거예요. 나는, 한센 목사님의 말씀이 옳았는지, 아니면 적어도 그것이 내게 옳은 것인지 알아볼 거예요.

헬메르 아, 젊은 여자가 이런 말을 하다니! 하지만 종교도 당신을 바로잡을 수 없다면, 그럼 당신의 양심에 호소하겠소. 도덕적인 감각은 있겠지? 아니면, 그것도 없나? 대답해요!

노라 예, 토르발, 그 질문에 대답하기는 쉽지 않아요. 나는 모르니까요. 나는 그런 것들을 하나도 모르겠어요. 내가 아는 건, 나는 그런 일들에 대해 당신과 생각이 아주 다르다는 거예요. 법률도 듣고 보니 내가 생각하는 것과 다르더군요. 하지만 법률이 옳다는 건 도저히 머리로 이해가 안 되네요. 여자는 죽음에 임박한 아버지의 고통을 덜어 드려도 안 되고 남편을 구해도 안 되다니요! 믿을 수가 없어요.

헬메르   당신은 아이처럼 말하는군. 당신은 당신이 살고 있는
         사회를 이해하지 못해.

노라   그래요, 이해하지 못해요. 하지만 나는 시작할 거예요.
         나는 사회가 옳은지 내가 옳은지 밝힐 거예요.

헬메르   노라, 당신은 정상이 아니야. 열이 있군. 당신은 이성
         도 정신도 없는 것 같군.

노라   나는 오늘 밤처럼 분명하고 자신 있어 본 적이 없어요.

헬메르   남편과 자식을 버릴 만큼 분명하고 자신 있나?

노라   예, 그래요.

헬메르   그럼 가능한 설명은 한 가지뿐이군.

노라   뭔데요?

헬메르   당신이 나를 더 이상 사랑하지 않는다는 거지.

노라   그래요. 바로 그거예요.

헬메르   노라! 대체 무슨 일이오!

노라   아, 토르발, 정말 미안해요. 당신은 언제나 내게 친절했
         으니 말이에요. 하지만 나는 어떻게 할 수가 없어요. 나
         는 더 이상 당신을 사랑하지 않아요.

헬메르   (억지로 정신을 수습해서) 그것도 분명하고 자신 있는
         신념인가?

노라   예, 분명하고 자신 있어요. 그래서 여기 더 이상 있을
         수 없는 거예요.

헬메르   그럼 내가 당신의 사랑을 왜 잃었는지 설명은 해 줄
         수 있겠소?

노라   예, 그건 할 수 있어요. 오늘 저녁, 놀라운 일이 벌어지
         지 않았을 때 일이에요. 그때 나는, 당신이 내가 지금까

지 생각한 그런 사람이 아니라는 걸 알았어요.

헬메르   자세하게 설명해 봐요. 무슨 말인지 모르겠으니.

노라   나는 팔 년 동안 참을성 있게 기다렸어요. 왜냐하면, 아, 놀라운 일은 그렇게 아무 때나 일어나지는 않는다는 걸 잘 알고 있었으니까요. 그래서 이 불행이 나에게 닥쳐 왔어요. 그리고 솔직히 이야기하면, 나는 확신했어요. 이제는 놀라운 일이 생기겠구나. 크로그스타드의 편지가 저 밖에 있었을 때, 나는 당신이 그 사람의 마음대로 의지를 꺾을 리는 없다고 확신했어요. 그리고 나는 당신이 그에게 이 일을 온 세상에 알리라고 말할 줄 알았어요. 하지만 그 일이 벌어지자…….

헬메르   그랬더니? 내 아내가 부끄럽고 수치스러운 일을 당하게 둔다면…….

노라   당신이 아주 확실하게 모든 책임을 지고 "모두 내 잘못입니다."라고 말할 줄 알았어요.

헬메르   노라!

노라   당신은, 내가 당신의 그런 제안을 절대로 받아들이지 않았을 거라고 말할 거죠? 그래요, 물론이죠. 하지만 내 약속이 당신 약속 앞에서 무슨 힘이 있겠어요? 내가 궁금해하면서 기대한 놀라운 일은 바로 그것이었어요. 그리고 그 일을 막기 위해서라면 나는 내 생명도 바칠 수 있었어요.

헬메르   나는 기꺼이 밤낮으로 당신을 위해 일하겠어. 노라, 당신을 위해 걱정하고 염려할 거야. 하지만 자기가 사랑하는 사람을 위해 명예를 희생하는 사람은 없어.

노라　수십만 명의 여자가 그렇게 했어요.

헬메르　아, 당신은 생각도 말도 철없는 어린애처럼 하는군.

노라　마음대로 생각해요. 하지만 당신은 내가 의지할 수 있
　　　는 남자처럼 생각하지도 말하지도 않아요. 두려운 일
　　　이 — 내게 덮친 일이 아니라 당신에게 닥친 일이 — 사
　　　라지고 나자, 그리고 모든 위험이 없어지자, 당신에게
　　　는 아무 일도 없었던 것이나 마찬가지가 되었어요. 나
　　　는 다시 당신의 노래하는 종달새, 당신의 인형이 되었
　　　고, 이제 당신은 나를 두 배로 더 조심스럽게 받들고 다
　　　니겠죠. 그만큼 약하고 힘이 없으니까요. (일어난다.) 토
　　　르발, 나는 내가 지난 팔 년 동안 여기서 모르는 사람과
　　　함께 산 것 같은 생각이 갑자기 들었어요. 그리고 나는
　　　아이 셋을 낳았죠. 아, 그 생각을 하면 도저히 견딜 수
　　　가 없어요! 나는 나 자신을 갈가리 찢고 부술 수 있을
　　　것 같아요!

헬메르　(무겁게) 내가 봐도 그렇군. 정말 그래. 우리 둘 사이
　　　에는 심연이 생긴 것 같군. 하지만 노라, 그 심연을 채울
　　　수는 없을까?

노라　지금 같은 나는 더 이상 당신의 아내가 아니에요.

헬메르　나는 변할 수 있어.

노라　그럴지도 모르지요. 인형을 빼앗기면 말이에요.

헬메르　당신과, 당신과 헤어지다니! 안 돼, 노라, 안 돼, 그것
　　　은 받아들일 수 없어.

노라　(오른쪽으로 간다.) 그만큼 더 분명하게 그 일이 벌어질
　　　거예요. (외투와 여행 가방을 가지고 와서 탁자 옆 의자 위

에 놓는다.)

헬메르 　노라, 노라, 지금은 안 돼! 내일까지 기다려요!

노라 　(외투를 입는다.) 낯선 남자의 방에서 밤새 누워 있을 수는 없어요.

헬메르 　하지만 우리가 여기서 남매처럼 살 수는 없을까?

노라 　(모자 끈을 조인다.) 그게 오래가지 않을 거란 건 당신도 잘 알죠. (숄을 걸친다.) 토르발, 잘 있어요. 아이들은 보지 않겠어요. 나보다 다른 사람이 더 잘 돌봐 줄 거예요. 내가 이렇기 때문에 나는 아이들에게 아무 도움이 안 돼요.

헬메르 　하지만 노라, 언젠가는, 노라, 언젠가는……?

노라 　그걸 내가 어떻게 알겠어요? 나도 내가 어떻게 될지 전혀 모르는데요.

헬메르 　하지만 당신은 지금 모습으로도, 나중의 모습으로도 나의 아내야.

노라 　토르발, 잘 들어요. 내가 지금 하는 것처럼 아내가 남편의 집을 떠나면 남편에게는 그 여자에 대해 아무런 책임이 없다고 들었어요. 어쨌건 나는 당신을 모든 책임에서 풀어 줄게요. 아무 데에도 매여 있다고 느낄 필요 없어요. 내가 아무 데에도 매이지 않은 것처럼 말이에요. 양쪽 모두가 온전히 자유로워야 해요. 봐요, 여기 당신 반지가 있어요. 내 반지를 줘요.

헬메르 　이것까지?

노라 　그것까지요.

헬메르 　여기 있소.

노라 좋아요. 이제 다 끝났어요. 여기 열쇠를 놓아두겠어요. 집안일은 하녀들이 잘 알아요. 나보다도 더 잘 알죠. 내가 떠난 다음, 내일 아침에 크리스티네가 와서, 친정에서 내가 가지고 온 내 물건을 챙길 거예요. 그건 내게 보내 주었으면 해요.

헬메르 끝났어! 끝났다고! 노라, 다시는 내 생각을 하지 않을 거요?

노라 물론 자주 당신과 아이들과 이 집 생각을 하겠죠.

헬메르 내가 편지를 써도 될까?

노라 안 돼요. 절대로 안 돼요. 허락할 수 없어요.

헬메르 하지만 대신…….

노라 안 돼요. 아무것도 안 돼요.

헬메르 필요한 건 무엇이나 가지고 가요.

노라 아니라고 했어요. 나는 낯선 사람에게서는 아무것도 받지 않을 거예요.

헬메르 노라, 나는 당신에게 영원히 낯선 사람 이상이 될 수 없나?

노라 (여행 가방을 든다.) 아, 토르발, 그러려면 놀라운 일이 일어나야 해요.

헬메르 어떤 놀라운 일인지 말해 봐!

노라 당신과 나 모두가 변해서……. 아, 토르발, 나는 더 이상 기적을 믿지 않아요.

헬메르 하지만 나는 믿고 싶어. 말을 해요! 우리가 어떻게 변하면 될까?

노라 우리가 함께 사는 생활이 진정한 결혼이 될 수 있다면 되겠죠. 잘 있어요. (현관문으로 나간다.)

헬메르　(문 옆의 의자에 주저앉아 머리를 손으로 감싼다.) 노라! 노라! (주위를 둘러보고 일어난다.) 아무도 없군. 그녀는 이제 없어. (희망이 그의 안에서 생겨난다.) 기적이라고? (아래에서 대문이 닫히는 소리가 들린다.)

작품 해설

　『인형의 집』은 노르웨이 극작가 헨리크 입센(1828~1906)의 작품으로, 1879년 12월 21일 코펜하겐에서 초연되었다. 그 다음해에는 스톡홀름, 크리스티아니아(현재의 오슬로), 베르겐에서 무대에 올려졌으며, 영어, 독일어, 스웨덴어, 핀란드어로 번역되었다. 그 이후 지금까지 수많은 언어로 번역되어 각국에서 계속 상연되고 읽히고 있으며, 한국에서는 1925년에 조선배우학교에서 처음 공연된 이래로 다양한 해석이 시도되었다.

　36세 때 고국을 떠난 입센은 『인형의 집』을 쓰던 당시 이탈리아에 체류하고 있었다. 이미 『브란』과 『페르 귄트』로 명성을 굳힌 다음이었고, 1877년 『사회의 기둥』을 발표한 이래로 여러 편의 사회극을 발표하는 중이었다. 1880년대 말까지에 걸친 이 시기의 작품들에서 입센은 여성 문제만이 아니라 언론 조작, 이중적인 윤리, 사회와 개인의 갈등 등의 문제를 다루었는데, 그가 사회극을 쓴 기간은 십 년 정도일 뿐이지만, 그 극들은 입센의 대표 작품들이 되었고 그의 문학사적인 영향을 결정하게 되었다. 『인형의 집』은 그중에서도 대표적인 작품으로, 입센에 대한 전 세계적인 논쟁을 불러일으켰다.

총 3막으로 구성된 『인형의 집』은 주인공인 노라와 남편 헬메르의 집에서 진행된다. 작품 첫 부분의 무대 묘사에서 그들의 집은 "아늑하게 잘 꾸몄지만 수수한 거실"이라고 되어 있는데, 이 표현은 경제적으로 풍족하지는 않더라도 단란한 가정의 모습을 잘 유지하고 있는 두 사람을 그대로 드러내 준다.

남편 헬메르는 아직은 특별할 것이 없는 변호사이며, 지금까지는 생활이 풍족하지 않았지만 새해부터 은행 총재로 임명되어 안정된 생활을 하게 될 것을 기뻐하고 있다.

세 아이를 둔 이 부부는 서로 극진히 아끼는 모습을 보여 주지만, 남편 헬메르의 언행에는 여기저기에서 지극히 가부장적인 사고방식이 드러난다. 예를 들어 그는 아내를 자신의 "종달새", "다람쥐"라 부르며, 남편에게 의존하는 약하고 어리석은 존재로서의 역할을 그녀에게 지운다. 어린아이에게 하듯이 그는 노라에게 과자 먹는 것을 금지하며, 노라에게는 자신의 집 우체통 열쇠도 없다. 그러나 그의 가장 가부장적인 대사는 다음 부분일 것이다.

자기 아내를 용서했다는 걸 마음속에 품고 있는 건 남자에게는 말로 표현할 수 없을 정도로 달콤하고 만족스러운 일이지. 자기 아내를 전심으로, 거짓 없이 용서했다는 것 말이야. 그럼으로써 여자는 두 배로 그의 소유물이 되니까.

헬메르가 보이는 이런 모습은 헬메르라는 개인의 독특한 모습이라기보다는 그가 대표하는 그 시대 사회의 일반적인 통념이다. 그는 전통적 규범을 중시하는 검소한 사람으로, 돈을 빌리는 것 자체도 죄악시하고, 다른 사람들의 눈에 드러나는 자신의 모습에 절대적인 가치를 두기 때문에 남이 보았을 때 흠잡을 데가 없을 것을 자기 자신과 주위 사람들에게 요구한다. 이런 점에서 그는 『유령』의 만네르스 목사와도 비교될 수 있다.

그런 헬메르에게 노라는 완벽한 아내로 보인다. 젊고 아름다운 그녀는 남편을 위해 춤추고 노래하는 훌륭한 장난감이며 장신구이다. 첫 장면에서 들뜬 마음으로 노래를 흥얼거리고 과자를 몰래 먹는 노라의 모습은 정말로 종달새, 다람쥐처럼 보이며, 헬메르가 노라를 어린아이 같은 낭비꾼으로 보는 데 충분히 근거가 있다고 증명하는 것처럼 보인다. 하지만 노라에게는 이와는 다른 면이 존재하는데, 그녀가 여러 해 동안 감추어 온 비밀을 관객은 노라와 린데 부인과의 대화를 통해 알게 된다. 노라는 여러 해 전에 헬메르의 생명을 구하기 위해 아버지의 서명을 위조하여 크로그스타드라는 변호사에게 돈을 빌렸고, 그 돈을 갚기 위해 자신이 할 수 있는 여러 가지 방법으로 돈을 절약하고 모아 왔던 것이다.

남편의 자존심을 지키기 위해 이를 비밀로 하려던 노라에게 실제적인 위기가 닥치는 것은 실직의 위기에 처한 크로그스타드가 자신의 자리를 유지하기 위해 노라를 협박하면서부터이다. 그는 노라가 돈을 꾸었을 뿐 아니라 서명을 위조했다는 사실을 남편에게 폭로하겠다고 위협하며, 남편이 자신을 해고하지 않도록 설득하기를 노라에게 요구한다. 자신의 힘으로 이 상황을 극복할 수 없는 노라는 남편에게 희망을 걸며 "놀라운 일"
이 일어나기를 기대한다. 사실, 이 상황에서 놀라운 일을 기대
하는 것은 노라가 아직까지 문제를 독자적으로 해결할 수 없
는 존재임을 드러내 보이는데, 노라가 기대하는 놀라운 일이란
남편이 모든 책임을 지고 자신을 보호하는 것이다. 하지만 이
런 기적은 일어나지 않고, 그제야 노라는 자신과 남편의 관계
가 자신이 생각했던 것과 달랐음을 깨닫게 된다. 즉, 사건의 전
말이 드러났을 때 헬메르는 노라의 편을 들고 그녀를 보호하려
고 하는 것이 아니라, 그녀를 강하게 비난하면서 아이들에게서
도 떼어 놓으려고 한다. 그러나 노라가 집을 떠나는 것을 허락
하지는 않는다. 그는 이렇게 말한다.

어떤 대가를 치르더라도 사건을 축소해야 해. 당신에 관한
일은, 우선 우리 사이는 전과 똑같은 것처럼 보여야 해. 물론
세상의 눈에만 그렇다는 거지. 당신은 계속 이 집에 있어야 해.
당연히 그렇지. (중략) 오늘부터 행복은 없어. 나머지를, 나무
밑동과 껍질을 건지는 것만 남았어.

즉, 그는 노라를 아내로, 아이들의 어머니로 받아들이지 않
으면서도, 다른 사람들 앞에서는 그런 상황을 은폐하고 표면상
으로만 온전한 가정을 유지하려 하는 것이다. 이런 '거짓 행복'
은 그 당시의 사회가 개인에게서 요구하는 겉모습이며, 개인의
명예와 체면을 지키기 위해서는 표면상으로 그 모습을 유지해
야 한다.
　노라를 비난하는 헬메르의 태도는 린데 부인의 개입으로

크로그스타드가 빚을 탕감해 주고 차용증서를 돌려주자 급변한다. 그는 노라를 "용서"하고, 앞에서 본 대사에서와 같이 그럼으로써 그녀를 더욱 구속하려 한다. 무대에서 이 일은 단지 몇 분 사이에 벌어지는데, 외적인 상황이 달라졌을 때 나타나는 헬메르의 태도 차이는 그에게는 밖으로 드러나는 모습만이 의미가 있음을 단적으로 보여 준다.

남편의 반응을 접하고 기대가 깨진 노라는 이 실망을 통해 자신의 결혼이 어떤 것이었는지를 깨닫는다. 자신이 남편에게는 장신구이며 장난감이었을 뿐 인간으로서 가치 있는 존재가 아니었음을 이제야 깨닫게 된 노라는, 외적인 문제가 제거되었다고 해도 이 상황은 그대로 유지될 수 없음을 인식한다. 마지막의 긴 토론 장면에서 노라는 헬메르와 결혼 이후 팔 년 만에 처음으로 마주 앉아 자신의 생각을 밝힌다. 그녀는 아버지와 남편이 지금까지 자신에게 부당한 일을 했다는 것을 단번에 파악했으며, 지금까지 법률과 사회와 종교에 의해 자신의 "책임"과 "거룩한 의무"로 부여되었던 아내로서의 역할은 인간으로서의 "자신에 대한 책임"과 반드시 일치하지는 않는 것이었음을 깨닫고 먼저 인간으로서 자신에 대한 책임을 찾기 위해 그 역할을 내려놓는다. 노라는 이제 종교나 법률을 포함한 사회의 통념과 완전히 결별하고, 모든 것을 스스로 판단하기로 한다.

이 작품은 노라가 집을 떠나는 것으로 끝이 나며, 입센의 다른 극들과 마찬가지로 그 후 사건이 어떻게 정리되었는지는 보여 주지 않는다. 집을 나간 노라가 어떻게 되었을까는 백설 공주의 계모가 어떻게 되었을까만큼이나 관심의 대상이 되어 온 질문이다. 오스트리아 작가인 엘프리데 옐리네크는 독립한 노라가 어떻게 되었는지를 작품에서 다루었는데, 옐리네크의 노라는 바깥세상에서 독립에 실패한다. 그밖에 노라가 남편의 명예를 지키기 위해 자살했으리라는 추측도 있었지만, 크로크스타드가 차용증서를 돌려준 이상, 자살은 문제를 축소시키기 위한 해결책이 될 수 없는 것으로 보인다.

독립에 성공을 했건 안 했건, 인형처럼 남편의 보호를 받으며 살기를 거부하고 집을 떠나는 노라는 독립적인 여성의 대명사로 여겨지며, 『인형의 집』은 처음 발표되었을 때부터 주체로서의 여성의 권리를 주장한 작품으로 수용되었다.

입센이 여성 문제에 관심을 가지고 『인형의 집』을 집필하게 된 역사적인 배경을 몇 가지 거론할 수 있는데, 남편을 위해 서명을 위조하고 돈을 빌렸다가 이혼을 당한 작가 라우라 킬레르(1849~1932)의 실제 사건, 여성에게 동등한 권리를 부여하기를 거부한 로마의 스칸디나비아인 클럽의 정책, 소설가이며 노르웨이 첫 여성 운동가로 작품에서 전통적 결혼 제도를 비판한 카밀라 콜레트(1813~1895)의 영향 등이 꼽힌다. 개인적인 친분이 있었던 21년 연하의 라우라 킬레르를 입센은 (헬메르가 노라에게 하듯이) '종달새'라고 불렀다. 그녀는 폐렴에 걸린 남편을 1876년(그러니까 『인형의 집』이 발표되기 삼 년 전)에 남쪽 지방으로 휴양 보내기 위해 돈을 빌렸고 어려움에 처하자 수표를 위조했는데, 이 일이 밝혀지자 남편인 빅토르 킬레르는 이혼을 요구하고 아이들을 빼앗았다. 이 사건은 『인형의 집』의 줄거리와 상당히 일치하지만 결말이 크게 다른데, 이혼을 당하고 정신적인 충격을 받은 라우라와는 달리 노라는 이 사건을 계기로 각성하고 독립한다.

입센은 문학 활동과 사회 활동에서 여성 문제에 관심을 보였다. 그는 노라 이외에도 자신의 삶을 살아가는 새로운 여성들을 다른 작품에도 등장시켰는데, 예를 들어『공공의 적』의 페트라는 경제적으로 독립해서 살아갈 수 있는 여성으로, 자신이 옳지 않다고 생각하는 것을 가르치거나 번역하기를 거부한다. 그리고 로마에 체류했던 그는 위에서 언급한 로마의 스칸디나비아인 클럽에서 여성에게 집회에서 선거할 권리를 주자고 주장했으며, 1884년에는 결혼한 여성의 재산권을 지지하는 발언을 한 적도 있다.

그럼에도 불구하고『인형의 집』의 주제를 여성의 권리로 한정짓는 것은 폭이 좁은 해석으로 보인다. 개인과 사회, 사회의 통념과 개인의 판단에 관한 문제 제기로 이 작품을 이해하는 데 단서가 되는 것은 특히 노라와 헬메르의 마지막 대화 장면이다. 남들이 보기에는 아무런 문제가 없이 계속 부부로 살아갈 수 있으면서도 노라가 떠나야 하는 이유를 설명하는 긴 대화에서, 남편 헬메르는 노라를 집에 머무르도록 설득하기 위해 종교나 법률에 호소하려 하지만 노라는 어릴 때 들은 목사의 가르침, 법률이 자신에게 요구하는 행동, 이런 것들이 옳은지를 이제 "스스로 생각하고 설명을 찾아야" 한다고 말한다.

하지만 나는 더 이상 대부분의 사람들이 하는 말로 만족할 수 없고 책에 쓰여 있는 것으로 만족할 수 없어요. 나는 모든 일에 대해서 스스로 생각하고 설명을 찾아야 해요.

사실 서명의 위조는 지금의 관점으로도 명백하게 실정법을 어기는 행위인데, 노라는 그럼에도 불구하고 실정법보다도 자신의 판단을 우위에 두고 자신의 행동이 틀렸음을 인정하지 않는 것이다. 법률과 종교로 대표되는 사회 규범은 노라가 스스로, 자기 자신의 기준에 따라 생각하는 것을 허락하지 않기 때문이다.

이와 관련하여, 입센은 『인형의 집』의 원고 앞에다 1878년 10월 19일에 '오늘날의 비극에 대한 메모(Optegnelser til Nutids-Tragedien)'를 적었으며, 거기서 다음과 같이 말하고 있다.

정신적인 법률이 두 가지 존재하고, 양심이 두 가지 존재한다. 남성 안에 한 가지가 있고, 아주 다른 한 가지가 여성 안에 있다. 이들은 서로를 이해하지 못하는데, 여성은 실제적인 삶에서 마치 이들이 여성이 아니고 남성인 듯이 남성의 법으로 판단을 받는다.

이 극에서 아내는 마지막에 무엇이 옳고 무엇이 그른지를 전혀 알 수 없게 된다. 한편에는 자연스러운 감정이 있고 다른 한편에는 권위가 있기 때문에 그녀는 아주 혼란스러워한다.

오늘날의 사회에서 여성은 자기 자신이 될 수 없다. 순전히 남성적인 사회에서, 법을 만드는 것도 남성이며 소송을 걸고 재판하는 사람들은 남성적인 관점에서 여성의 일에 대해 판단한다.*

---

* 이 글은 오슬로 대학 입센 연구 센터의 데이터베이스에 공개된 입센의 『인형의 집』 육필 원고 사진의 처음에 함께 실려 있다.(Henrik Ibsen: Et dukkehjem. Nasjonalbiblioteket, avdeling Oslo Ms.4° 1113 a-g.(http://www.hf.uio.no/ibsensenteret/)

보수적인 사회를 대표하는 작은 사회(micro-society)*인 가정은 노라에게 남성이 옳다고 생각하는 대로 행동할 것을 요구하지만, 한 집단의 관점에 따라 만들어진 관습을 사회 규범의 이름으로 다른 집단에게 강요하는 사회 통념은 이 작품에서 무효 판정을 받는다. 발표된 지 130년이 되어 가는 『인형의 집』의 시사성은 이 작품이 무조건 관습을 따를 것을 요구하는 사회, 생각이 다른 집단을 주류의 규범에 따라 판단하는 현실에 회의를 제기하는 데 있을 것이다.

번역에는 Henrik Ibsen, *Et dukkehjem. Skuespiel i tre akter*(2005)를 원본으로 사용하였다. 이것은 1889년~1902년에 코펜하겐의 궐렌달 출판사가 출판한 것을 입센의 작품을 발간하려는 오슬로 대학 프로젝트의 일환으로 원본 수정 없이 전자 출판한 것인데, 입센의 다른 작품들과 마찬가지로 www.ibsen.net에서 구할 수 있다.

2010년 6월 로마에서
안미란

---

* Bjørn Hemmer, "Ibsen and the realistic problem drama", 1994. 이 글은 James McFarlane (ed.), *The Cambridge Companion to Ibsen*, Cambridge: Cambridge University Press, 1994에 실려 있다.

작가 연보

1828년   3월 20일 노르웨이의 작은 항구 도시인 시엔에서
          상인 집안의 아들로 태어남. 본명 헨리크 요한 입센.

1835년경 아버지의 파산으로 집을 옮김.

1842년   14세 때 그림스타드로 가서 약국 일을 배우며 희곡
          을 쓰기 시작. 크리스티아니아(현재의 오슬로)에서
          대학에 입학하려 하였으나 뜻을 이루지 못함.

1850년   첫 희곡『카틸리나』를 브뤼놀프 브야르메라는 가명
          으로 발표. 이 작품은 공연되지 않음. 같은 해 입센
          의 작품으로는 처음으로『전사의 무덤』이 공연됨.

1851년   이해부터 베르겐의 국립 극장에서 극작가, 감독, 연
          출자로 활동.

1852년   덴마크와 독일 여행.

1857년   크리스티아니아로 돌아와 노르웨이 극장에 취직하
          여 몇 편의 극도 상연되었지만 큰 성공을 거두지는

못했고 직업적, 경제적으로 어려운 시기를 보냄.

1858년　　수잔나 토레센과 결혼.

1864년　　4월 이탈리아(소렌토와 로마)로 이주. 그후 27년간 노르웨이를 떠나서 삶.

1865년　　『브란』완성. 스칸디나비아에서 큰 성공을 거둔 첫 작품.

1867년　　『페르 귄트』발표. 이 극은 특히 에드바르 그리그의 음악으로 유명해짐.

1868년　　독일 드레스덴으로 이주.

1875년　　독일 뮌헨으로 이주.

1878년　　로마로 돌아와서 1885년까지 거주. 그해 발표된『사회의 기둥』으로 사회 문제를 다룬 극을 쓰기 시작.

1879년　　『인형의 집』발표.

1881년　　『유령』발표.

1882년　　『민중의 적』에서 진실을 밝히려는 개인과 이를 은폐하려는 사회의 갈등을 보여 줌.

1884년　　『들오리』발표.

1886년　　『로스메르스홀름』발표.

1888년　　『바다에서 온 여인』발표. 이후의 극들은 사회적이고 사실적인 극에서 심리적인 극으로의 이행을 보여 줌.

1890년　　『헤다 가블러』발표.

1899년　　마지막 작품『우리 죽은 자들이 깨어날 때』발표.

1891년　　노르웨이로 돌아와 크리스티아니아에 정착.

1906년　　5월 23일 크리스티아니아에서 사망.

세계문학전집 **248**

인형의 집

1판 1쇄 펴냄   2010년 6월 30일
1판 32쇄 펴냄   2024년 3월 15일

지은이   헨리크 입센
옮긴이   안미란
발행인   박근섭, 박상준
펴낸곳   (주)민음사

출판등록   1966. 5. 19. (제 16-490호)
서울특별시 강남구 도산대로1길 62(신사동) 강남출판문화센터 5층 (우편번호 06027)
대표전화 02-515-2000   팩시밀리 02-515-2007
www.minumsa.com

© 안미란, 2010. Printed in Seoul, Korea

ISBN 978-89-374-6248-1 04800
ISBN 978-89-374-6000-5 (세트)

세계문학전집 목록

1·2 변신 이야기 오비디우스 · 이윤기 옮김 서울대 권장도서 100선

3 햄릿 셰익스피어 · 최종철 옮김 서울대 권장도서 100선 | 미국대학위원회 선정 SAT 추천도서

4 변신 · 시골의사 카프카 · 전영애 옮김 서울대 권장도서 100선

5 동물농장 오웰 · 도정일 옮김 미국대학위원회 선정 SAT 추천도서 | 《타임》 선정 현대 100대 영문소설

6 허클베리 핀의 모험 트웨인 · 김욱동 옮김 《뉴스위크》 선정 100대 명저

7 암흑의 핵심 콘래드 · 이상옥 옮김 미국대학위원회 선정 SAT 추천도서 | 《뉴스위크》 선정 10대 명저

8 토니오 크뢰거 · 트리스탄 · 베네치아에서의 죽음 토마스 만 · 안삼환 외 옮김 노벨 문학상 수상 작가

9 문학이란 무엇인가 사르트르 · 정명환 옮김

10 한국단편문학선 1 김동인 외 · 이남호 엮음 국립중앙도서관 선정 청소년 권장도서

11·12 인간의 굴레에서 서머싯 몸 · 송무 옮김

13 이반 데니소비치, 수용소의 하루 솔제니친 · 이영의 옮김 노벨 문학상 수상 작가

14 너새니얼 호손 단편선 호손 · 천승걸 옮김

15 나의 미카엘 오즈 · 최창모 옮김

16·17 중국신화전설 위앤커 · 전인초, 김선자 옮김

18 고리오 영감 발자크 · 박영근 옮김

19 파리대왕 골딩 · 유종호 옮김 노벨 문학상 수상 작가 | 《타임》 선정 현대 100대 영문소설

20 한국단편문학선 2 김동리 외 · 이남호 엮음

21·22 파우스트 괴테 · 정서웅 옮김 서울대 권장도서 100선 | 미국대학위원회 선정 SAT 추천도서

23·24 빌헬름 마이스터의 수업시대 괴테 · 안삼환 옮김

25 젊은 베르테르의 슬픔 괴테 · 박찬기 옮김 논술 및 수능에 출제된 책(1998~2005)

26 이피게니에 · 스텔라 괴테 · 박찬기 외 옮김

27 다섯째 아이 레싱 · 정덕애 옮김 노벨 문학상 수상 작가

28 삶의 한가운데 린저 · 박찬일 옮김

29 농담 쿤데라 · 방미경 옮김

30 야성의 부름 런던 · 권택영 옮김

31 아메리칸 제임스 · 최경도 옮김

32·33 양철북 그라스 · 장희창 옮김 노벨 문학상 수상 작가 | 서울대 권장도서 100선

34·35 백년의 고독 마르케스 · 조구호 옮김 노벨 문학상 수상 작가 | 서울대 권장도서 100선

36 마담 보바리 플로베르 · 김화영 옮김 서울대 권장도서 100선

37 거미여인의 키스 푸익 · 송병선 옮김

38 달과 6펜스 서머싯 몸 · 송무 옮김

39 폴란드의 풍차 지오노 · 박인철 옮김

40·41 독일어 시간 렌츠 · 정서웅 옮김

42 말테의 수기 릴케 · 문현미 옮김

43 고도를 기다리며 베케트 · 오증자 옮김 노벨 문학상 수상 작가 | 서울대 권장도서 100선

44 데미안 헤세 · 전영애 옮김 노벨 문학상 수상 작가

45 젊은 예술가의 초상 조이스 · 이상옥 옮김 서울대 권장도서 100선

46 카탈로니아 찬가 오웰 · 정영목 옮김

47 호밀밭의 파수꾼 샐린저 · 정영목 옮김 《타임》 선정 현대 100대 영문소설 | 미국대학위원회 선정 SAT 추천도서 | 《뉴스위크》 선정 100대 명저 | BBC 선정 꼭 읽어야 할 책

48·49 파르마의 수도원 스탕달 · 원윤수, 임미경 옮김

50 수레바퀴 아래서 헤세 · 김이섭 옮김 노벨 문학상 수상 작가 | 국립중앙도서관 선정 청소년 권장도서

51·52 내 이름은 빨강 파묵 · 이난아 옮김 노벨 문학상 수상 작가

53 오셀로 셰익스피어 · 최종철 옮김 서울대 권장도서 100선

54 조서 르 클레지오 · 김윤진 옮김 노벨 문학상 수상 작가

55 모래의 여자 아베 코보 · 김난주 옮김

56·57 부덴브로크 가의 사람들 토마스 만 · 홍성광 옮김 노벨 문학상 수상 작가

58 싯다르타 헤세 · 박병덕 옮김 노벨 문학상 수상 작가

59·60 아들과 연인 로렌스 · 정상준 옮김 《뉴스위크》 선정 100대 명저

61 설국 가와바타 야스나리 · 유숙자 옮김 노벨 문학상 수상 작가 | 서울대 권장도서 100선

62 벨킨 이야기 · 스페이드 여왕 푸슈킨 · 최선 옮김

63·64 넙치 그라스 · 김재혁 옮김 노벨 문학상 수상 작가

65 소망 없는 불행 한트케 · 윤용호 옮김 노벨 문학상 수상 작가

66 나르치스와 골드문트 헤세 · 임홍배 옮김 노벨 문학상 수상 작가

67 황야의 이리 헤세 · 김누리 옮김 노벨 문학상 수상 작가

68 페테르부르크 이야기 고골 · 조주관 옮김

69 밤으로의 긴 여로 오닐 · 민승남 옮김 노벨 문학상 수상 작가 | 미국대학위원회 선정 SAT 추천도서

70 체호프 단편선 체호프 · 박현섭 옮김

71 버스 정류장 가오싱젠 · 오수경 옮김 노벨 문학상 수상 작가

72 구운몽 김만중 · 송성욱 옮김 서울대 권장도서 100선 | 국립중앙도서관 선정 청소년 권장도서

73 대머리 여가수 이오네스코 · 오세곤 옮김

74 이솝 우화집 이솝 · 유종호 옮김 논술 및 수능에 출제된 책(1998~2005)

75 위대한 개츠비 피츠제럴드 · 김욱동 옮김 《타임》 선정 현대 100대 영문소설

76 푸른 꽃 노발리스 · 김재혁 옮김

77 1984 오웰 · 정회성 옮김 《타임》 선정 현대 100대 영문소설 | 《뉴스위크》 선정 100대 명저

78·79 영혼의 집 아옌데 · 권미선 옮김

80 첫사랑 투르게네프 · 이항재 옮김

81 내가 죽어 누워 있을 때 포크너 · 김명주 옮김 노벨 문학상 수상 작가

82 런던 스케치 레싱 · 서숙 옮김 노벨 문학상 수상 작가

83 팡세 파스칼 · 이환 옮김

84 질투 로브그리예 · 박이문, 박희원 옮김

85·86 채털리 부인의 연인 로렌스 · 이인규 옮김

87 그 후 나쓰메 소세키 · 윤상인 옮김

88 오만과 편견 오스틴 · 윤지관, 전승희 옮김 미국대학위원회 선정 SAT 추천도서

89·90 부활 톨스토이 · 연진희 옮김 논술 및 수능에 출제된 책(1998~2005)

91 방드르디, 태평양의 끝 투르니에 · 김화영 옮김

92 미겔 스트리트 나이폴 · 이상옥 옮김 노벨 문학상 수상 작가

93 페드로 파라모 룰포 · 정창 옮김

94 차라투스트라는 이렇게 말했다 니체 · 장희창 옮김 국립중앙도서관 선정 청소년 권장도서

95·96 적과 흑 스탕달 · 이동렬 옮김 국립중앙도서관 선정 청소년 권장도서

97·98 콜레라 시대의 사랑 마르케스 · 송병선 옮김 노벨 문학상 수상 작가 | BBC 선정 꼭 읽어야 할 책

99 맥베스 셰익스피어 · 최종철 옮김 서울대 권장도서 100선 | 미국대학위원회 선정 SAT 추천도서

100 춘향전 작자 미상 · 송성욱 풀어 옮김 서울대 권장도서 100선

101 페르디두르케 곰브로비치 · 윤진 옮김

102 포르노그라피아 곰브로비치 · 임미경 옮김

103 인간 실격 다자이 오사무 · 김춘미 옮김

104 네루다의 우편배달부 스카르메타 · 우석균 옮김

105·106 이탈리아 기행 괴테 · 박찬기 외 옮김

107 나무 위의 남작 칼비노 · 이현경 옮김

108 달콤 쌉싸름한 초콜릿 에스키벨 · 권미선 옮김

109·110 제인 에어 C. 브론테 · 유종호 옮김 BBC 선정 꼭 읽어야 할 책

111 크눌프 헤세 · 이노은 옮김 노벨 문학상 수상 작가

112 시계태엽 오렌지 버지스 · 박시영 옮김 《타임》 선정 현대 100대 영문소설 | 《뉴스위크》 선정 100대 명저

113·114 파리의 노트르담 위고 · 정기수 옮김 미국대학위원회 선정 SAT 추천도서

115 새로운 인생 단테 · 박우수 옮김

116·117 로드 짐 콘래드 · 이상옥 옮김 《뉴스위크》 선정 100대 명저

118 폭풍의 언덕 E. 브론테 · 김종길 옮김 미국대학위원회 선정 SAT 추천도서

119 텔크테에서의 만남 그라스 · 안삼환 옮김 노벨 문학상 수상 작가

120 검찰관 고골 · 조주관 옮김

121 안개 우나무노 · 조민현 옮김

122 나사의 회전 제임스 · 최경도 옮김 미국대학위원회 선정 SAT 추천도서

123 피츠제럴드 단편선 1 피츠제럴드 · 김욱동 옮김

124 목화밭의 고독 속에서 콜테스 · 임수현 옮김

125 돼지꿈 황석영

126 라셀라스 존슨 · 이인규 옮김

127 리어 왕 셰익스피어 · 최종철 옮김 서울대 권장도서 100선 | 《뉴스위크》 선정 100대 명저

128·129 쿠오 바디스 시엔키에비츠 · 최성은 옮김 노벨 문학상 수상 작가

130 자기만의 방·3기니 울프 · 이미애 옮김

131 시르트의 바닷가 그라크 · 송진석 옮김

132 이성과 감성 오스틴 · 윤지관 옮김

133 바덴바덴에서의 여름 치프킨 · 이장욱 옮김

134 새로운 인생 파묵 · 이난아 옮김 노벨 문학상 수상 작가

135·136 무지개 로렌스 · 김정매 옮김

137 인생의 베일 서머싯 몸 · 황소연 옮김

138 보이지 않는 도시들 칼비노 · 이현경 옮김

139·140·141 연초 도매상 바스 · 이운경 옮김 《타임》 선정 현대 100대 영문소설

142·143 플로스 강의 물방앗간 엘리엇 · 한애경, 이봉지 옮김 미국대학위원회 선정 SAT 추천도서

144 연인 뒤라스 · 김인환 옮김

145·146 이름 없는 주드 하디 · 정종화 옮김

147 제49호 품목의 경매 핀천 · 김성곤 옮김 《타임》 선정 현대 100대 영문소설

148 성역 포크너 · 이진준 옮김 노벨 문학상 수상 작가 | 퓰리처상 수상 작가

149 무진기행 김승옥

150·151·152 신곡(지옥편·연옥편·천국편) 단테 · 박상진 옮김 《뉴스위크》 선정 100대 명저

153 구덩이 플라토노프 · 정보라 옮김

154·155·156 카라마조프가의 형제들 도스토옙스키 · 김연경 옮김

157 지상의 양식 지드 · 김화영 옮김 노벨 문학상 수상 작가

158 밤의 군대들 메일러 · 권택영 옮김 퓰리처상 수상 작가

159 주홍 글자 호손 · 김욱동 옮김 서울대 권장도서 100선 | 미국대학위원회 선정 SAT 추천도서

160 깊은 강 엔도 슈사쿠 · 유숙자 옮김

161 욕망이라는 이름의 전차 윌리엄스 · 김소임 옮김

162 마사 퀘스트 레싱 · 나영균 옮김 노벨 문학상 수상 작가

163·164 운명의 딸 아옌데 · 권미선 옮김

165 모렐의 발명 비오이 카사레스 · 송병선 옮김

166 삼국유사 일연 · 김원중 옮김 서울대 권장도서 100선

167 풀잎은 노래한다 레싱 · 이태동 옮김 노벨 문학상 수상 작가

168 파리의 우울 보들레르 · 윤영애 옮김

169 포스트맨은 벨을 두 번 울린다 케인 · 이만식 옮김

170 썩은 잎 마르케스 · 송병선 옮김 노벨 문학상 수상 작가

171 모든 것이 산산이 부서지다 아체베 · 조규형 옮김 《타임》 선정 현대 100대 영문소설

172 한여름 밤의 꿈 셰익스피어 · 최종철 옮김 미국대학위원회 선정 SAT 추천도서

173 로미오와 줄리엣 셰익스피어 · 최종철 옮김 미국대학위원회 선정 SAT 추천도서

174·175 분노의 포도 스타인벡 · 김승욱 옮김 노벨 문학상 수상 작가 | 《타임》 선정 현대 100대 영문소설

176·177 괴테와의 대화 에커만 · 장희창 옮김

178 그물을 헤치고 머독 · 유종호 옮김 《타임》 선정 현대 100대 영문소설

179 브람스를 좋아하세요... 사강 · 김남주 옮김

180 카타리나 블룸의 잃어버린 명예 하인리히 뵐 · 김연수 옮김 노벨 문학상 수상 작가

181·182 에덴의 동쪽 스타인벡 · 정회성 옮김 노벨 문학상 수상 작가

183 순수의 시대 워튼 · 송은주 옮김 《뉴스위크》 선정 100대 명저 | 퓰리처상 수상작

184 도둑 일기 주네 · 박형섭 옮김

185 나자 브르통 · 오생근 옮김

186·187 캐치-22 헬러 · 안정효 옮김 《타임》 선정 현대 100대 영문소설

188 솔로호프 단편선 솔로호프 · 이항재 옮김 노벨 문학상 수상 작가

189 말 사르트르 · 정명환 옮김

190·191 보이지 않는 인간 엘리슨 · 조영환 옮김 《타임》 선정 현대 100대 영문소설

192 왑샷 가문 연대기 치버 · 김승욱 옮김 퓰리처상 수상 작가

193 왑샷 가문 몰락기 치버 · 김승욱 옮김 퓰리처상 수상 작가

194 필립과 다른 사람들 노터봄 · 지명숙 옮김

195·196 하드리아누스 황제의 회상록 유르스나르 · 곽광수 옮김

197·198 소피의 선택 스타이런 · 한정아 옮김 퓰리처상 수상 작가

199 피츠제럴드 단편선 2 피츠제럴드 · 한은경 옮김

200 홍길동전 허균 · 김탁환 옮김

201 요술 부지깽이 쿠버 · 양윤희 옮김

202 북호텔 다비 · 원윤수 옮김

203 톰 소여의 모험 트웨인 · 김욱동 옮김

204 금오신화 김시습 · 이지하 옮김

205·206 테스 하디 · 정종화 옮김 미국대학위원회 선정 SAT 추천도서 | BBC 선정 꼭 읽어야 할 책

207 브루스터플레이스의 여자들 네일러 · 이소영 옮김

208 더 이상 평안은 없다 아체베 · 이소영 옮김

209 그레인지 코플랜드의 세 번째 인생 워커 · 김시현 옮김 퓰리처상 수상 작가

210 어느 시골 신부의 일기 베르나노스 · 정영란 옮김

211 타라스 불바 고골 · 조주관 옮김

212·213 위대한 유산 디킨스 · 이인규 옮김 서울대 권장도서 100선 | BBC 선정 꼭 읽어야 할 책

214 면도날 서머싯 몸 · 안진환 옮김

215·216 성채 크로닌 · 이은정 옮김

217 오이디푸스 왕 소포클레스 · 강대진 옮김 서울대 권장도서 100선

218 세일즈맨의 죽음 밀러 · 강유나 옮김

219·220·221 안나 카레니나 톨스토이 · 연진희 옮김 서울대 권장도서 100선

222 오스카 와일드 작품선 와일드 · 정영목 옮김

223 벨아미 모파상 · 송덕호 옮김

224 파스쿠알 두아르테 가족 호세 셀라 · 정동섭 옮김 노벨 문학상 수상 작가

225 시칠리아에서의 대화 비토리니 · 김운찬 옮김

226·227 길 위에서 케루악 · 이만식 옮김 《타임》 선정 현대 100대 영문소설 | 《뉴스위크》 선정 100대 명저

228 우리 시대의 영웅 레르몬토프 · 오정미 옮김

229 아우라 푸엔테스 · 송상기 옮김

230 클링조어의 마지막 여름 헤세 · 황승환 옮김 노벨 문학상 수상 작가

231 리스본의 겨울 무뇨스 몰리나 · 나송주 옮김

232 뻐꾸기 둥지 위로 날아간 새 키지 · 정회성 옮김 《타임》 선정 현대 100대 영문소설

233 페널티킥 앞에 선 골키퍼의 불안 한트케 · 윤용호 옮김 노벨 문학상 수상 작가

234 참을 수 없는 존재의 가벼움 쿤데라 · 이재룡 옮김

235·236 바다여, 바다여 머독 · 최옥영 옮김

237 한 줌의 먼지 에벌린 워 · 안진환 옮김 《타임》 선정 현대 100대 영문소설

238 뜨거운 양철 지붕 위의 고양이 · 유리 동물원 윌리엄스 · 김소임 옮김 퓰리처상 수상작

239 지하로부터의 수기 도스토옙스키 · 김연경 옮김

240 키메라 바스 · 이운경 옮김

241 반쪼가리 자작 칼비노 · 이현경 옮김

242 벌집 호세 셀라 · 남진희 옮김 노벨 문학상 수상 작가

243 불멸 쿤데라 · 김병욱 옮김

244·245 파우스트 박사 토마스 만 · 임홍배, 박병덕 옮김 노벨 문학상 수상 작가

246 사랑할 때와 죽을 때 레마르크 · 장희창 옮김

247 누가 버지니아 울프를 두려워하랴? 올비 · 강유나 옮김

248 인형의 집 입센 · 안미란 옮김

249 위폐범들 지드 · 원윤수 옮김 노벨 문학상 수상 작가

250 무정 이광수 · 정영훈 책임 편집 서울대 권장도서 100선

251·252 의지와 운명 푸엔테스 · 김현철 옮김

253 폭력적인 삶 파솔리니 · 이승수 옮김

254 거장과 마르가리타 불가코프 · 정보라 옮김

255·256 경이로운 도시 멘도사 · 김현철 옮김

257 야콥을 둘러싼 추측들 욘존 · 손대영 옮김

258 왕자와 거지 트웨인 · 김욱동 옮김

259 존재하지 않는 기사 칼비노 · 이현경 옮김

260·261 눈먼 암살자 애트우드 · 차은정 옮김 《타임》 선정 현대 100대 영문소설

262 베니스의 상인 셰익스피어 · 최종철 옮김

263 말리나 바흐만 · 남정애 옮김

264 사볼타 사건의 진실 멘도사 · 권미선 옮김

265 뒤렌마트 희곡선 뒤렌마트 · 김혜숙 옮김

266 이방인 카뮈 · 김화영 옮김 노벨 문학상 수상 작가 | 미국대학위원회 선정 SAT 추천도서

267 페스트 카뮈 · 김화영 옮김 노벨 문학상 수상 작가 | 국립중앙도서관 선정 청소년 권장도서

268 검은 튤립 뒤마 · 송진석 옮김

269·270 베를린 알렉산더 광장 되블린 · 김재혁 옮김

271 하얀 성 파묵 · 이난아 옮김 노벨 문학상 수상 작가

272 푸슈킨 선집 푸슈킨 · 최선 옮김

273·274 유리알 유희 헤세 · 이영임 옮김 노벨 문학상 수상 작가

275 픽션들 보르헤스·송병선 옮김 서울대 권장도서 100선

276 신의 화살 아체베·이소영 옮김

277 빌헬름 텔·간계와 사랑 실러·홍성광 옮김

278 노인과 바다 헤밍웨이·김욱동 옮김 노벨 문학상 수상 작가 | 퓰리처상 수상작

279 무기여 잘 있어라 헤밍웨이·김욱동 옮김 미국대학위원회 선정 SAT 추천도서

280 태양은 다시 떠오른다 헤밍웨이·김욱동 옮김 《타임》 선정 현대 100대 영문 소설

281 알레프 보르헤스·송병선 옮김

282 일곱 박공의 집 호손·정소영 옮김

283 에마 오스틴·윤지관, 김영희 옮김

284·285 죄와 벌 도스토옙스키·김연경 옮김 미국대학위원회 선정 SAT 추천도서

286 시련 밀러·최영 옮김

287 모두가 나의 아들 밀러·최영 옮김

288·289 누구를 위하여 종은 울리나 헤밍웨이·김욱동 옮김 노벨 문학상 수상 작가

290 구르브 연락 없다 멘도사·정창 옮김

291·292·293 데카메론 보카치오·박상진 옮김

294 나누어진 하늘 볼프·전영애 옮김

295·296 제브데트 씨와 아들들 파묵·이난아 옮김 노벨 문학상 수상 작가

297·298 여인의 초상 제임스·최경도 옮김 미국대학위원회 선정 SAT 추천도서

299 압살롬, 압살롬! 포크너·이태동 옮김 노벨 문학상 수상 작가

300 이상 소설 전집 이상·권영민 책임 편집

301·302·303·304·305 레 미제라블 위고·정기수 옮김

306 관객모독 한트케·윤용호 옮김 노벨 문학상 수상 작가

307 더블린 사람들 조이스·이종일 옮김

308 에드거 앨런 포 단편선 앨런 포·전승희 옮김 미국대학위원회 선정 SAT 추천도서

309 보이체크·당통의 죽음 뷔히너·홍성광 옮김

310 노르웨이의 숲 무라카미 하루키·양억관 옮김

311 운명론자 자크와 그의 주인 디드로·김희영 옮김

312·313 헤밍웨이 단편선 헤밍웨이·김욱동 옮김 노벨 문학상 수상 작가

314 피라미드 골딩·안지현 옮김 노벨 문학상 수상 작가

315 닫힌 방·악마와 선한 신 사르트르·지영래 옮김

316 등대로 울프·이미애 옮김 《타임》 선정 현대 100대 영문소설 | 《뉴스위크》 선정 100대 명저

317·318 한국 희곡선 송영 외·양승국 엮음

319 여자의 일생 모파상·이동렬 옮김

320 의식 노터봄·김영중 옮김

321 육체의 악마 라디게·원윤수 옮김

322·323 감정 교육 플로베르·지영화 옮김

324 불타는 평원 룰포·정창 옮김

325 위대한 몬느 알랭푸르니에·박영근 옮김

326 라쇼몬 아쿠타가와 류노스케·서은혜 옮김

327 반바지 당나귀 보스코·정영란 옮김

328 정복자들 말로·최윤주 옮김

329·330 우리 동네 아이들 마흐푸즈·배혜경 옮김 노벨 문학상 수상 작가

331·332 개선문 레마르크·장희창 옮김

333 사바나의 개미 언덕 아체베·이소영 옮김

334 게걸음으로 그라스·장희창 옮김 노벨 문학상 수상 작가

335 코스모스 곰브로비치·최성은 옮김

336 좁은 문·전원교향곡 배덕자 지드·동성식 옮김 노벨 문학상 수상 작가

337·338 암 병동 솔제니친·이영의 옮김 노벨 문학상 수상 작가

339 피의 꽃잎들 응구기 와 시옹오·왕은철 옮김

340 운명 케르테스·유진일 옮김 노벨 문학상 수상 작가

341·342 벌거벗은 자와 죽은 자 메일러·이운경 옮김 퓰리처상 수상 작가

343 시지프 신화 카뮈·김화영 옮김 노벨 문학상 수상 작가

344 뇌우 차오위·오수경 옮김

345 모옌 중단편선 모옌·심규호, 유소영 옮김 노벨 문학상 수상 작가

346 일야서 한사오궁·심규호, 유소영 옮김

347 상속자들 골딩·안지현 옮김 노벨 문학상 수상 작가

348 설득 오스틴·전승희 옮김

349 히로시마 내 사랑 뒤라스·방미경 옮김

350 오 헨리 단편선 오 헨리·김희용 옮김

351·352 올리버 트위스트 디킨스·이인규 옮김

353·354·355·356 전쟁과 평화 톨스토이·연진희 옮김

357 다시 찾은 브라이즈헤드 에벌린 워·백지민 옮김

358 아무도 대령에게 편지하지 않다 마르케스·송병선 옮김

359 사양 다자이 오사무·유숙자 옮김

360 좌절 케르테스·한경민 옮김 노벨 문학상 수상 작가

361·362 닥터 지바고 파스테르나크·김연경 옮김 노벨 문학상 수상 작가

363 노생거 사원 오스틴·윤지관 옮김

364 개구리 모옌·심규호, 유소영 옮김 노벨 문학상 수상 작가

365 마왕 투르니에·이원복 옮김 공쿠르상 수상 작가

366 맨스필드 파크 오스틴·김영희 옮김

367 이선 프롬 이디스 워튼·김욱동 옮김 퓰리처상 수상 작가

368 여름 이디스 워튼·김욱동 옮김 퓰리처상 수상 작가

369·370·371 나는 고백한다 자우메 카브레·권가람 옮김

372·373·374 태엽 감는 새 연대기 무라카미 하루키·김난주 옮김

375·376 대사들 제임스·정소영 옮김

377 족장의 가을 마르케스·송병선 옮김 노벨 문학상 수상 작가

378 핏빛 자오선 매카시·김시현 옮김

379 모두 다 예쁜 말들 매카시·김시현 옮김

380 국경을 넘어 매카시·김시현 옮김

381 평원의 도시들 매카시·김시현 옮김

382 만년 다자이 오사무·유숙자 옮김

383 반항하는 인간 카뮈·김화영 옮김 노벨 문학상 수상 작가

384·385·386 악령 도스토옙스키·김연경 옮김

387 태평양을 막는 제방 뒤라스·윤진 옮김

388 남아 있는 나날 가즈오 이시구로·송은경 옮김

389 앙리 브륄라르의 생애 스탕달·원윤수 옮김

390 찻집 라오서·오수경 옮김

391 태어나지 않은 아이를 위한 기도 케르테스·이상동 옮김 노벨 문학상 수상 작가

392·393 서머싯 몸 단편선 서머싯 몸·황소연 옮김

394 케이크와 맥주 서머싯 몸·황소연 옮김

395 월든 소로 · 정회성 옮김

396 모래 사나이 E. T. A. 호프만 · 신동화 옮김

397·398 검은 책 오르한 파묵 · 이난아 옮김 노벨 문학상 수상 작가

399 방랑자들 올가 토카르추크 · 최성은 옮김 노벨 문학상 수상 작가

400 시여, 침을 뱉어라 김수영 · 이영준 엮음

401·402 환락의 집 이디스 워튼 · 전승희 옮김

403 달려라 메로스 다자이 오사무 · 유숙자 옮김

404 아버지와 자식 투르게네프 · 연진희 옮김

405 청부 살인자의 성모 바예호 · 송병선 옮김

406 세피아빛 초상 아옌데 · 조영실 옮김

407·408·409·410 사기 열전 사마천 · 김원중 옮김 서울대 권장도서 100선

411 이상 시 전집 이상 · 권영민 책임 편집

412 어둠 속의 사건 발자크 · 이동렬 옮김

413 태평천하 채만식 · 권영민 책임 편집

414·415 노스트로모 콘래드 · 이미애 옮김

416·417 제르미날 졸라 · 강충권 옮김

418 명인 가와바타 야스나리 · 유숙자 옮김 노벨 문학상 수상 작가

419 핀처 마틴 골딩 · 백지민 옮김 노벨 문학상 수상 작가

420 사라진 · 샤베르 대령 발자크 · 선영아 옮김

421 빅 서 케루악 · 김재성 옮김

422 코뿔소 이오네스코 · 박형섭 옮김

423 블랙박스 오즈 · 윤성덕, 김영화 옮김

424·425 고양이 눈 애트우드 · 차은정 옮김

426·427 도둑 신부 애트우드 · 이은선 옮김

428 슈니츨러 작품선 슈니츨러 · 신동화 옮김

429·430 세계의 끝과 하드보일드 원더랜드 무라카미 하루키 · 김난주 옮김

431 멜랑콜리아 I–II 욘 포세 · 손화수 옮김 노벨 문학상 수상 작가

432 도적들 실러 · 홍성광 옮김

433 예브게니 오네긴 · 대위의 딸 푸시킨 · 최선 옮김

434·435 초대받은 여자 보부아르 · 강초롱 옮김

436·437 미들마치 엘리엇 · 이미애 옮김

438 이반 일리치의 죽음 톨스토이 · 김연경 옮김

439·440 캔터베리 이야기 제프리 초서 · 이동일, 이동춘 옮김

세계문학전집은 계속 간행됩니다.